李王家悲史
秘苑の花

張赫宙
Cho Kakuchu

共栄書房

この書を多難多恨な生涯を送り来た
李王垠さま方子女王さまに捧ぐ

感想

（元李王）李垠

小説家張赫宙氏が見えて、私たち夫妻の半生を物語りにしたいと希望されたので、私の手許にある極秘の材料をことごとく提供しました。

今「秘苑の花」を読了し、自分のことながら終日感動を禁じ得なかった。たとえ小説風に書かれたとは言え、内容は皆正しき事実であります。私は波瀾多かりし四十余年間の過去を回顧し、感慨無量なものがあります。

終りに張赫宙氏の並々ならぬ御努力と、息もつかせず読ませるその御手腕に敬意を表するものであります。

李王家悲史　秘苑の花◆目次

感想　（元李王）李　垠　……1

第一部　英親王の巻……7

九重の王宮……8
小賢《こざか》しき智略……20
嵐の門出《かどで》……34
惑星《わくせい》北に墜《お》つ……49
風雲急なり……56
日韓併合《へいごう》……70
秘苑の歎き……80

第二部　方子女王の巻……95

異国の宮様……96
姫二人……108
悲愁《ひしゅう》の内殿……116
覇道《はどう》に怒る者……124
王家の慶事……133
太皇帝毒殺さる……141
独立万歳騒動……149
心は心に……156
御成婚の日……165
怨恨《えんこん》の宮女……172
悲涙《ひるい》の女王……177
第三部　王城落月の巻……187
悲怨《ひえん》を越える……188
王城の落日……195

裸の心……203
渡欧まで……213
解放の旅路……220
薬箱《くすりはこ》の密書……227
謀反《むほん》部隊を前に……235
王様の涙……245
最後の王位……258
後記……269

解説

北九州市立大学　張允馨（チャンユンヒャン）……271

第一部　英親王の巻

九重の王宮

1

垠殿下《ぎんでんか》は、方子《まさこ》さまを愛《いと》わしいお心で見つめていられる。泣いている方子さまのお心の中は、もう何の説明もいらない位はっきりわかっている。

日本は無条件降伏だと、只今の玉音放送できいた。悪夢《あくむ》のような戦争は終った。朝鮮は解放され独立するであろう。おめでたいことだ。けれども、李王垠の過ぐる四十年の苦しみは何処へいくのだろう。

垠殿下は、眼をとじて、物想いに沈む。日本に初めて来られた四十年前のあの頃、英親王《えいしんのう》とよばれて、学習中のある日、お部屋の外で、

「太子マーマ。申上げます」

と、侍女の李天喜《りてんき》の声がした。

英親王は、眼を上げて、廻廊の方の障子を見る。晩秋の斜陽が、嫋々しい少女の影を吉と喜の字に組んだ障子にくっきりと投げている。侍女はつづけていう。

「内殿から金尚宮《サングン》がお迎えに上りました。急ぎの御用とかで、ご勉学中をお邪魔申上げました」

「なに！　内殿？　咸寧殿《かんねいでん》から？」

英親王は、はっと母君のお顔を想い浮べて、ご病気かな、と幼い胸をとどろかせる。

その顔色に、差向いに居る英人教師のジョリー夫人が、

「皇太子さま。では、明日また参ります」

といって、座を立った。

ジョリー夫人が、庭に出るのを見送って、急いで侍女の方へ歩みよりながら、

「金尚宮《サングン》をよんで来ておくれ」

という英親王の心には、なぜか不安がつのる。

「はい、ただ今すぐに……」

侍女は、裾長《すそなが》の裳衣《チマ》をつまみ上げて、白い小さい襪《ポソン》をちら〳〵させながら、廻廊を曲っていく。侍女の中で最年少のこの李天喜は、英親王より二つ年上のまだ十三の少女。年とった内人《ネーイン》（女官）ばかりの中で育った英親王にとっては、気のおけない話相手である。

「突如のお呼出しは尋常でない」

英親王は、この頃、お年に似合わず、考え深くなっていられる。

と、李侍女《りじじょ》のあとに従って、しず〳〵と音もなく現れた老女官。十五の時から六十五の今日まで、

一生を宮仕《みやづか》えにささげて、只今は侍女の最高位、至密女官《しみつじょかん》の一人となり、両陛下のご身辺に常侍《じょうじ》して、尚宮《サングン》の号を賜っている。

「太子《テジャ》マーマ。上監《サンガム》マーマ（太皇帝陛下《たいこうていへいか》）が内密なお話があらせられますとのことにございます」

と、老女官の顔の、年ふりて刻《きざ》まれた絹のような皺《しわ》に、愁気《しゅうき》がさっと浮ぶ。

英親王ははっとして、

「ねえ！　ほんとうは、オモ・マーマ（母君）がご病気になられたのだろう？」

と、内人の裳裾《もすそ》にさわりながら、きかれる。

「いいえ！　いつにお変りなくお丈夫であらせられます」

「それでは、アバ・マーマ（父陛下《へいか》）が、日本に拉致《らち》あそばされるの？」

と、おっしゃる幼な顔の、その邪気《じゃき》の無い中に、色濃く立ちこめた愁《うれ》いを見て、

（ああ！　おいたわしい）

と、老女官はたまらなくなって、歔《すす》り泣きはじめたが、はッと止めて、穏《おだや》かな顔になりながら、答える。

「まさか、さようなことはございますまい」

「ジョリー師は、もしかすると、そのようなことも有り得ることですと申して居ったよ」

不安を取り除きたい努力が、一ぱい現れた英親王のまるいぽちゃ〳〵したお顔を、涙ぐんだ眼で見て、女官はことばに力を入れる。

「いえ！　もうその噂も過ぎました。御位を昌徳宮《しょうとくぐう》さまに禅《ゆず》られ、太皇帝陛下《たいこうていへいか》として、徳壽宮《とくじゅぐう》にご隠退《いんたい》あそばす今となっては、如何な伊藤博文も、もう言いがかりのつけようがございますまい」

「そうか！　それでも、国を日本にとられる心配がなくなったわけではあるまいね！」

「太子マーマ！」

と思わず老女官は、その場にくずれるようにかがんで、

「お小さい御心でお悩みあそばす有様を、奸佞《かんねい》な臣下共に見せたいようでございます」

と泣く。

「忠臣烈女《ちゅうしんれつじょ》の杜絶《とだ》えた社稷《しゃしょく》は滅びる、と本にも書いてあったよ」

「でも、昌徳宮《しょうとくぐう》さまが御英邁《ごえいまい》でいらっしゃいます。太子《てじゃ》マーマは、一心に御勉学あそばして、傾いた社稷《しゃしょく》をお救いあそばしませ」

「ね！　どうして、アバ・マーマ（父陛下）が御位を禅《ゆず》られたか、わけを教えてくれないか」

「はい！　いずれ、おわかりになります」

「いや、今すぐに知りたいよ」

「でも、只今は、内殿で、上監《サンガム》マーマがお待ちあそばされます。さ、お早く……」

「どうして、そのことを、誰れも教えようとしないの？」

英親王は不審《ふしん》そうに首をかしげる。ジョリー師に訊《たず》ねたが、ことばが不如意《ふにょい》で、混み入った政情《せいじょう》を、

幼君《ようくん》に理解させることは出来ない。儒学者《じゅがくしゃ》の李師《りし》も、

「恐れながら、幼君におかれましては、御勉学が第一かと存じ上げます」

といって、言《げん》を避《さ》けた。

英親王が太子《テジャ》に立てられてから、ここ数ヵ月の政情は急激に変化して、秘めやかな宮中にも慌《あわただ》しい気配《けはい》が波立ち、僅か十歳の東宮の心にもそれとなく響く。今年（一九〇七年）の春三月に冠礼《かんれい》を行い、七月には父、光武皇帝《こうぶこうてい》の御退位、八月に歩兵参尉に任ぜられて、十月から修学院に御入学なされて身辺は慌しい。

「何かある！　何ごとか起る」

そう不安がりながら、女官に導かれるままに、内庭に踏《ふ》み入り、咸寧殿《かんねいでん》に至った。

2

内殿の常の間で、太皇帝《たいこうてい》陛下は、英親王の到着を今か〳〵と待っていらっしゃる。お傍には、英親王の生母君の厳妃さまが、憂わしげなお顔で控えていられる。厳妃《げんひ》さまは正妃《せいひ》ではないが、閔妃《びんひ》が亡くなってからは、純妃《じゅんひ》という位にのぼり、慶善宮《けいぜんぐう》の尊号を受けて、正妃《せいひ》の格に居られた。

英親王は、室に入って、拝礼して、吩付《いいつけ》を待った。

「エキ（幼君《ようくん》）や！　こちらへお出で！」

と、厳妃《げんひ》さまが慈《いつく》しみに溢れたお顔で、手をさしのべられる。

「オモ、マーマ！」

と、小さく叫びながら、英親王は、母君に抱かれるように膝《ひざ》の前に寄っていく。肘掛椅子《ひじかけいす》にかけて居られるので、そのお膝に抱かれるわけにいかない。

「太子《テジャ》に座《ざ》を持《も》て」

太皇帝《だいこうてい》が、尚宮《つぼね》に命じた。何かあらたまったお話があらせられる時の、いつもの厳かなご様子である。

老侍女《ろうじじょ》が、椅子《いす》を近づけた。英親王は、父陛下の前に腰を下ろす。

「太子《テジャ》は日本に行きたいか」

いきなりそうきかれて、英親王ははっとした。

「…………」

ご返事を申上げたいけれども、咄嗟《とっさ》の場合、何と申してよいかわからない。

その困り抜いた顔を見て、厳妃《げんぴ》さまが、手巾《ハンカチ》で顔を覆い、歔《すす》り泣かれる。

「太子《テジャ》ももう数えで十一だ。冠礼《かんれい》もすんだことで、立派に一人前である。万一、日本につれていかれることがあっても、恥しいふるまいは致すまいぞ」

と、母君が、

「いいえ！　いけません。何としても、太子を日本にやるのはお拒み下さい」

と、叫ばれる。

「とは申しても、権勢《けんせい》には勝てまい。伊藤に逆う人は禁域《きんいき》にはもう居ない」

「いいえ！　伊藤の意を汲んだ李完用《りかんよう》の術策《じゅっさく》です。陛下さえ強く否とおっしゃれば、ことはすみます」

「まあ！　静かに控えて居なさい！　ねえ太子！　そなたが否というのじゃよ！」

「太子《テジャ》に、そのような重荷を負わせて！　いけません。陛下から反対なさいませ」

と、その時、侍女が、

「総理が拝謁《はいえつ》に上りました」

と、申し上げる。

太皇帝《たいこうてい》のお顔が、さっと変られる。怒気《どき》が隠《かく》しきれないので、

「表てに待たしておけ」

と、いつになくお言葉が荒れる。が、それを鎮《しず》めながら、英親王に向われる。

「太子《テジャ》！　明日から昌徳宮《しょうとくぐう》に移って、隆凞《りゅうき》皇帝の側近に居ることになる。今まで通り朝晩自由に会うこともなかろう。別れを前に、一言知っておいてもらいたいことがある。今年七月に皇位を昌徳宮《しょうとくぐう》に禅《ゆず》った事件についてじゃが……」

と、言葉がふるえる。重苦しい圧力を感じながら、英親王は父陛下のお言葉を聞きもらすまいと、智慧《ちえ》を集めて耳を傾《かたむ》けた。

「李完用内閣《りかんようないかく》が成立した翌六月に、和蘭《オランダ》の首都ヘーグで万国平和会議が開かれる情報を得た。この機をおいて、わが国を救うことは出来ないと考えて、駐露公使の李範允《りはんいん》に連絡《れんらく》をとらせるために、李相卨《りそうか》を露京《ろきょう》に送ったのだ。露国皇帝陛下に、万国平和会議に、我が国の問題を提訴《ていそ》下さるようお願いしたのだよ。ヘーグの会議にも、密書《みっしょ》を送ったので、日本の野望を挫くのは、時日の問題だと楽観《らっかん》しておった。ところが、日本代表の活動に封じられて、中途に挫かれたばかりか、伊藤に難詰されて、遂に禅位《ぜんい》となったのじゃよ！　日清、日露戦役以来《にちろせんえきいらい》一歩々々と、我が国は日本に蚕食《さんしょく》されつつある。統監府《とうかんふ》が設置されてからは、我が国は自主権を失って、日本の保護国《ほごこく》となっている。昌徳宮は英邁《えいまい》な君主だ。何とか挽回《ばんかい》の策もあろうかと思う。それより太子の成人が、たのしみじゃ。昌徳宮は、肉親《にくしん》としては、そなたの兄君だが皇位《こうい》からは父子の間柄《あいだがら》だ。相扶《あいたす》けて、社稷《しゃしょく》を救えよ」

「…………」

英親王は、首を垂れて、暗然《あんぜん》とした。重苦しい、あまりにも重い荷だ。顔を大きな手巾《ハンカチ》で覆《おお》うた母君の肩が、はげしく揺《ゆ》れる。廊下《ろうか》の方で、侍女たちの歔《すす》り泣きが洩《も》れてきた。

李朝《りちょう》五百年の末期《まっき》の悲運《ひうん》は、もう眼の前に迫っている。それに堪えるには、英親王は幼な過ぎた。無邪気に遊び戯《たわむ》れて、幸せである筈の太子の心に覆《おお》いかぶされた暗い雲を見て、侍女たちは、はらわたが抉《えぐ》られるようだったのである。泣く侍女たちを、

「輝かしい前途を行かれる太子の前で、妖しげな涙を見せるとは何事か」

と太皇帝《たいこうてい》は、叱《しか》って、

「完用に会おう！　表座所《おもてざしょ》へ参れと伝えよ」

と立たれた。そして、お顔を柔《やわら》げて、

「太子《テジャ》もお出でよ！」

と、やさしく手をとられる。

3

李完用《りかんよう》は、総理の制服《せいふく》の物々《ものもの》しい装《よそお》いをして、太皇帝と英親王を迎えた。拝礼がすむと、

「あ！　皇太子さまもご一しょで！」

と、如才《じょさい》なく笑う。その顔は華車《きゃしゃ》で、才気走り、智略ありげに見える。けれども、笑った眼や口元には、卑しい皺《しわ》が浮いて、遊郭のように軽《けい》はくだ。

「何の用か」

太皇帝が、座について、李完用《りかんよう》の顔をまともに見つめる。お言葉がきついのが、意外らしく、完用ははっと太皇帝の顔を見る。眼が合って、太皇帝のいつもは穏《おだや》かな眼が、鋭く射ているので、さっと眼を落として、にわかに造り笑いをしながら、きり出す。

「皇太子殿下の日本留学のことについてでございますが……」

「日本に留学する必要はない。太子は修学院に入ったばかりだ」

ことばを抑《おさ》えられて、しばし息をのんでいたが、

「おことばに逆《さから》って恐れ入りながら……」

と、完用は糸口《いとぐち》をつける。

「いや！　そのことなら聞く要《よう》はない」

「伊藤公の折角《せっかく》のご好意を……」

「何かというと伊藤公という。完用《かんよう》！　そちは李朝はじまって以来の不忠者だぞ」

「はッ？」

完用《かんよう》は、あッと青ざめた。内閣をつくって以来このようなことばに出合ったことがない。気色《けしき》ばんで、大きな声を出されない太皇帝は、社辞《しゃじ》に富む柔和《にゅうわ》な人君だと誉れは高かったのだ。

「そちは伊藤の臣になったと見えるな。韓日協約このかた、伊藤の意を汲《く》んで、朕《ちん》を窮地《きゅうち》に追い立ててばかり居る」

「聖上《おかみ》！　清国《しんこく》老いて頼りにならず、俄羅紗《がらしゃ》また北方に退いた今となっては、日本は唯一の後門《こうもん》の虎《とら》ではございませんか……」

「その話ならもう聞き飽《あ》きた」

「一気に我が国を併呑《へいどん》して、中原《ちゅうげん》に押し入ろうとする覇道《はどう》が、日本にございます。それを挫いて、王道を以て臨んでいるのが、伊藤公でございます」

「信用出来ると思うか」

「は！　恐れながら、臣はこの眼、この心でそれを感じました。ヘーグ密使《みっし》事件以来、日本の朝野は、強硬対韓策を是とする動きが、活発《かっぱつ》になりました。今日もし日本の出兵ともなれば、不幸は免れません。それを抑える人は伊藤公唯一人だと信じます。先月、日本国皇太子嘉仁親王《よしひとしんのう》の御来韓も、伊藤公なればこそ出来ることでございましょう。あの日以来、日本朝野の心証《しんしょう》は好転しました。元来ならば、我が国から先きに、彼の国へ特使派遣《はけん》あって然るべきところでございます」

太皇帝《たいこうてい》は、口をつぐんで居られる。肥えて血色のよいお顔に、迷いが色濃く現れた。完用はここぞとばかりに、

「聖上《おかみ》！　宸襟《しんきん》をわずらわせて畏多《おそれおお》いことながら、この時にこそ、皇太子さまを日本国へ御差遣《ごさけん》あるべきでございましょう」

「それならば、何も留学なぞと、大げさではないか」

「は！　修学院でも事足りましょう。けれども、西欧《せいおう》文物を取入れて日進月歩致して居ります彼の国の文物に接せられれば、皇太子殿下の御学徳は一段と大成し、御叡智《ごえいち》はいやが上にも具備《ぐび》せられるかと存じます。陛下！　どうか、臣のことばを信ぜられて、お許しが下りますように……はい」

と、ひれ伏した完用を、太皇帝は見まいとするように眼をとじた。完用の大げさな身ぶりがきらいで居られる。ヘーグ密使の件の時にも、こうして伊藤に陳謝《ちんしゃ》したという噂がふと思い出される。醜《みにく》い！早く追い払おう。

「伊藤統監に会ってから決める」

と、ただ一言いいのこして、太皇帝は座を立たれる。英親王は、父陛下のあとに従いながら、まだひれ伏している完用の髪の毛が、西洋風にきちんとわけられ、西洋香料《こうりょう》の強い油でぴか〳〵光っているのを見た。

小賢《こざか》しき智略

1

太皇帝陛下と皇太子の足音が、廻廊の奥へ遠ざかるのを見届けて、すっくと立上った李完用は、

「これでよし」

と、心が軽くなった。満面得意の笑みを浮べるところであるが、近侍の者が傍に居るので、謹厳な顔を保って、闕下《けっか》を下り、大漢門の前に待たせておいた馬車の中に入って漸くに、やれ〱と背のびしたげに、ほくそ笑んだ。

「皇太子の日本留学はこれで決った。伊藤公に会おうとおっしゃったからには、もうご承諾《しょうだく》なさったのも同じことであろう」

完用は、太皇帝の頑迷《がんめい》な心がほぐれたので、肩の荷が下りたような気がする。皇太子の日本留学については、日本国皇太子のご来韓の直後に、伊藤公から持ち出された。そうしたほうが、日本朝野の、ことに、対韓硬派《こうは》の意志を挫《くじ》くことが出来るというのである。

完用は、四囲《まわり》の情勢から、皇太子の日本留学がもたらす利益を鋭敏《えいびん》に感受して、即座に賛成した。

「隆凞《りゅうき》皇帝陛下におかれましても、太皇帝陛下にも、勿論、悦《よろこ》ばれることと思います」

と、伊藤にいった。

ところが、皇帝陛下は、太皇帝のお許しがあれば、と、さほどお悦びにならない。ヘーグ密使事件に責を負うて禅位《ぜんい》なされた父帝に代って皇位にはついたものの、父帝に朝夕の伺候《しこう》を欠かしたことがない程に孝誠《こうせい》を尽していることだし、ことに皇太子は、御自分にとっては弟君でも、太皇帝の最も愛される御子であるので、皇帝のご一存で決めにくいことは、完用の予《あらかじ》め感じたことである。

それで太皇帝に伺いを立てたら、一言のもとに、ならぬと仰せられる。二度三度と足を運んでいる中にも、時日は延びて、

「李首相！　皇太子の日本留学はどうなりましたか」

と、伊藤公にきかれる。

「一国の総理ともあろうものが……」

完用は、体面の失墜《しっつい》を感じた。さなきだに統監府の監督の下ではたらく自分の威信は保ちにくい。伊藤に見くびられれば即座に野に下らなければならないだろう。が、今はそうされたくない。

韓日保護条約を結んで以来、国民から、「五賊《ぞく》」の一人だと罵《ののし》られ、ヘーグ事件で禅位《ぜんい》を迫り、軍隊解散を断行した今となっては、「売国奴李完用《ばいこくど》」という貼紙《はりがみ》が市井《しせい》に出ている。

「きょうこそは！」

と、完用は咸寧殿《かんねいでん》に伺候する時、強い決心で臨んだのだ。七月に禅位《ぜんい》を説いた時のような強硬《きょうこう》な説法でいこうと肚を決めたもののその場になって、

「いや、これは違う」

という気がした。密使事件は、太皇帝自ら責任を感じて居られたが、今度の場合は、いささか事情が違う。

「いや！」

と仰せられればそれまでである。

「これは泣きの一手だ」

と、咄嗟《とっさ》に思って、あのような芝居をやった。

けれども、いささか見苦しかった。如何に太皇帝の御前とはいえ！

馬車が南大門に差しかかった。と、いきなり、パンと来た。

「あッ！　刺客《しかく》か」

と、完用ははっと座席の下にもぐりこもうとする。が、護衛《ごえい》の前乗者《ぜんじょうしゃ》が平然と控えている。

「何だね？」

完用は、ふるえる声を忍んだ。

「子供が自発薬で遊んで居ります」

御者台《ぎょしゃだい》にいる護衛がいった。

「なーんだ」

完用は、ほっとした。

禅位《ぜんい》直後、韓国軍隊を、統監府《とうかんふ》の命令で、全国一斉に解散した。内命《ないめい》を帯びた彼は、太皇帝の反対《はんたい》を押し切り、軍隊の兵器を前もって奪って丸腰《まるごし》にしておいた、翌る日、解散詔勅発布と、際《きわ》どい手を打ったのである。その時、近衛兵《このえへい》の一隊が、この南大門で、日兵と短兵戦《たんぺいせん》を演じた。日兵は城郭《じょうかく》を占領して機関銃を据《す》えて、バリ〳〵とやった。三十分後に、戦いは終って、全軍は解散したのである。

日清、日露の両役で、日本兵の戦闘力《せんとうりょく》は充分に知っている。旧式武器しか持たない韓兵が太刀《たち》討《う》ち出来ないことは、よく承知していたが、義兵出没《ぎへいしゅつぼつ》が盛んなこの頃は、いつ何処《どこ》で殺られるかわかったものではない。

「愚民《ぐみん》共に何がわかる」

完用は、不安に戦《おのの》く度に、そう考える。

「韓国を救うのは、わしをおいてない」

という自信は、伊藤統監と近しくしてから益々強くなるばかりだ。

ふと、完用の耳に、

「完用！　そちは李朝《りちょう》五百年来最大の不忠者だぞ」

と叫ぶ、太皇帝の声が聞える。

(総理のわたしを、完用！　と呼び捨てにするとは)

完用は、腹が立った。

「国を危きに導くのは、太皇帝御自身でいられる。何で、ヘーグに密使《みっし》など送ったのだ！　日本によい口実を与えて、とう〳〵軍隊まで解散されたではないか」

完用は、そう演説口調《くちょう》で考える。

(いや全く頑迷《がんめい》な君主というものだ)

と、不満が鬱積《うっせき》する。

ふいに、前乗者《ぜんじょうしゃ》の声がした。

「統監府に参りました」

完用は夢からさめたように、眼の前に立塞《たちふさ》がった統監府の正門をふりむいた。

2

「総理！　何うでしたか」

髯《ひげ》ぼう〳〵の、なりふりかまわない伊藤が、出てくるなり、そうきいた。

「半ばご承諾《しょうだく》なさいました」

完用は、明るい顔で答える。と、その時、

「半ばとは？」

といって出て来たのは、宋秉畯《そうへいしゅん》だ。前閣僚だった宋、身分は完用より下るが、一進会百万の首領として、完用も一目おいている。

「伊藤公に会いたいと仰せられた」

「それは決ったも同様だよ。もし、渋れば会員をつれて示威《じい》行進をしようかと考えとったのだが」

宋は、眼光がきら〳〵している。門閥《もんばつ》なく平民出の宋は、挙動が荒い。

「わたしは太皇帝陛下より、太妃さまが反対じゃないかと思う」

完用は、穏《おだや》かにいう。

「うむ！　さもあろう。伊藤さん！　女官どもに、何か贈り物はありませんか！　女の口を封《ふう》じるのが早いですよ」

宋は、日清役後、李堈公《りこうこう》について、日本に渡ってから、ずっと日本に流寓《るぐう》していたので、日本語が達者である。

「宋君はうまいことをいう。贈り物なら、あるよ」

伊藤は、腹心の乾分《こぶん》を見る親しみのある顔で答える。

「参内《さんだい》する前に、それを送っておくんですな。皇太子ともあろうものを、女官《じょかん》の手に任せておくなんて怪しからんですよ。早く日本につれていって、軍隊式にばり〳〵仕込むんですな」

無頼漢《ぶらいかん》共をかき集めて、煽動《せんどう》演説をする時の口ぶりでいう宋を、伊藤はそれとなくたしなめて、

「宋君の今のことばが洩《も》れれば、太妃さまはびっくりなさるよ」

といった。

「びっくりしたって構いませんよ。韓廷には女権《じょけん》があり過ぎる。現皇后の外戚《がいせき》の、この頃の威張り様は、どうですか。尹徳栄《いんとくえい》なんぞ、皇后の伯父だというんで、宮中を我物顔にのさばる。ね！　総理！　どうせ韓廷は乱衰するならば、一日も早く合邦《がっぽう》したいものじゃないか」

「合邦？」

完用は驚いたように宋を見る。

「合邦だよ！　日韓が邦《くに》を合せる。両家一体になるんだ！　その方が、韓国にとっては勿論、日本にとっても幸せというものだ。日本も小国、韓国は尚弱国だ！　合邦《がっぽう》すれば大国となり東亜《とうあ》は安定し、世界は平和になる。日本の急進勢力《きゅうしんせいりょく》に討伐された後では、合邦は有り得ない。西欧の真似をして、韓国を植民地にしようという野心家が日本に居る。怪しからんことだ。それに先手を打って、合邦と出る。どうだ！　日本人の度胆《どぎも》を抜いてやろうじゃないか」

「しかし……」

「反対か」

「時期尚早《しょうそう》だよ」

「なに？　早い？　何をいうか！　李《り》総理の鋭敏な頭で尚そういう。嗚呼《ああ》！　韓国に人物無し！　歎《なげ》いて憤死《ふんし》すべしか」

「漸進《ぜんしん》だよ！　順路を踏み越えないでは、無理が生ずる。国内の輿論もあり、列国の眼もある」

「それは慎重《しんちょう》すぎるよ！　外交顧問のスチブン氏は、統監府の功績を認めると、先日わたしに明言《めいげん》されたよ。国内の輿論なんか、わが一進会員百万あれば足りる。日露戦の時、南北縦貫鉄道を敷いて、日兵輸送を数月余に完遂《かんすい》したのは、我が会員があればこそだ」

「実は熟《じゅく》して後に落ちる！」

「落ちた実は、熟《う》れすぎて食べるに耐えないよ」

　と、伊藤が出しぬけに、は、は、は、と笑い出した。明治維新が生んだこの偉人の前では、二人はまるで子供だ。年齢の差もあるが、度量《どりょう》が違う。

「いや！　宋君《そうくん》の合邦論《がっぽうろん》には、わしも歯が立たない。日本ばかりか世界が驚くだろう。墺洪《おうこう》合邦とはわけが違うからな。率直にいうと、わしは合邦に反対だ！　今のままでよい。統監府の下で韓国は成長する。自立《じりつ》するだけの力がつけば、統監府は無くなる。日韓相携《あいたずさ》えて、東亜百年の経綸《けいりん》を行う。それには、韓国が再び大陸勢力に食いこまれないだけの実力を養わねばならない。皇太子日本留学もその一つの実践《じっせん》だと見てもらいたい。わしは、今のままでよいと思う」

伊藤は、その昔、馬関《ばかん》戦争が起きる頃、井上聞多《もんた》と英京《ロンドン》に学び、英国の印度経営に感心した。「異民族の統治はこれに限る」そういう感想も手伝い、又、伊藤自身、朝鮮人の血を引いていると信じるので、朝鮮に愛情を持っている。併呑《へいどん》はもとより併合も合邦もすべきではないと、固い信念を持っていた。

宋の議論は猪突《ちょとつ》すぎて、さすがの伊藤も辟易《へきえき》することがあった。韓国の上層部を李完用によって、下層階級を宋秉畯《そうへいしゅん》の手を経て、思うままに動かしている伊藤は、宋を愛し李を大事にしている。が、宋は急進すぎるし、李は何時変節《へんせつ》するかわからなかった。親清《しんしん》有利と見れば袁世凱《えんせいがい》を利用し、露の勢力が強いとウェベルに頼り、今は伊藤の懐《ふとこ》ろに抱かれる事大主義者だからである。

「伊藤さん！　それはねえ……」

と、又、宋が膝を乗り出した。熱血漢《ねっけつかん》で、理屈ぽい宋につかまっては、議論は尽きないだろう。

「宋君！　もう止そう。老人をいじめると罰《ばち》があたるよ。なにより参内《さんだい》の手続でもとってもらいたいね。決まれば今月にも出発したいじゃないか」

と、伊藤は宋の話を折った。

3

「宋は行き過ぎる」

伊藤は参内の馬車の中で考えた。

「李は又、太皇帝のご機嫌《きげん》を損いつづけていることだろう」

と思うと、ここいらで、この二人の傑物の頭をたたいたほうがよいような気がする。

軍隊解散以来、義兵が各処に蜂起《ほうき》して、山岳に追いこまれながら尚ゲリラで抵抗《ていこう》している。義兵の討死数は早や三千人を数え、負傷者は数えきれない位だ。旧式の火縄銃《ひなわじゅう》で抵抗を試みているそれら義兵の真情は、察するに余りあった。

そうした不満分子が出るのは日本の真意を疑っているからだ。

「自分の命のある限り、韓国を日本の植民地にはしない。合邦も併合も無益な手段であろう」

統監府設置《とうかんふせっち》で、ちょうどよいのだ。露国をハルピン以北に追い込み、清国は年老いて、自国の内争さえ始末出来ないでいる。英国は日本と同盟《どうめい》し、米国は同情者だ。その他の国で韓国に手をのばし、東亜を攪乱《かくらん》しようと思うもののいない今となっては、韓国を保護して、自立自存させて、心服《しんぷく》する同盟国とすれば、内憂外患《ないゆうがいかん》共に自然消滅というものである。清露の二大国に勝った勢いに乗じて、韓半島を併呑して、大陸を経営《けいえい》すべしという急進論者が大勢居る。が、豊太閤七年戦役の失敗はそうした野望家には鏡とならねばならない。日清役を鴨緑江《おうりょっこう》の線で喰い止め、日露役を奉天会戦で峠にしたのは、賢明であった。遼河を越えて北京に攻め入り、シベリア横断して露京に進んだとすれば何うなったであろうか。

「韓国民を慰撫《いぶ》するのが、これからの仕事だ」

と思う伊藤は、太皇帝が、禅位以来、鬱々《うつうつ》として過して居られることを想像して、

「ご心境を和《やわら》げて上げよう」

と、切なく考えた。

と、馬車が急に停った。御者が、誰れかと押問答《おしもんどう》をしている。

「統監閣下だ。乗入れて差支ないだろう?」

宮闕護衛《きゅうけつごえい》のために解散しないで残した歩兵隊の下士が、眼を怒らして、御者《ぎょしゃ》を叱っている。

「無礼者《ぶれいもの》! 闕下《けっか》で下馬するのは、外臣の礼儀だ! 統監閣下の意志か?」

伊藤ははっとして、扉を排《はい》して、外に出て、

「大漢門《だいかんもん》に来たことを知らなかったのだ。いや、悪かった。御者に代っておわびする」

と、慇懃《いんぎん》にいった。

「は。恐れ入ります」

下士はささげ銃《つつ》をした。

虎の威《い》をかりる者、豈御者《あにぎょしゃ》のみならんや!

「宋も李もこの手で不平分子を奔激《ほんげき》させているのかも知れない」

はっと何ごとかの真理を発見したように、伊藤は緊張した。

従者や通訳《つうやく》が慌《あわただ》しく後へつづくのをかまわず先きに進む。一刻も早く太皇帝に拝謁して、宸襟《しんきん》を安ませて上げたい気持である。

咸寧殿《かんねいでん》に上って来て、御座所《ござしょ》に通されたが、すぐにまた、

「内殿までお越しを……」

と、近侍がいう。

珍しいことである。浚明堂《しゅんめいどう》は太妃の御居間。興福軒《こうふくけん》に太皇帝の常の間がある。伊藤は興福軒《こうふくけん》まで案内された。太皇帝陛下が厳妃《げんぴ》とおそろいで待っていられる。

厳妃《げんぴ》さまのお顔を見て、伊藤は、「あ！　さては！」と思った。皇太子の日本留学のことで心痛していられる色が、太妃さまの顔にあり〳〵と現れている。

「御龍顔《ごりゅうがん》ことのほか御麗《うるわ》しく恐悦《きょうえつ》至極に存じます」

伊藤は、いつになく鄭重《ていちょう》に拝礼して、そう申し上げた。覇者《はしゃ》の傲慢《ごうまん》な気配は微塵《みじん》もなく、全くただの臣下の礼をとったのである。

太皇帝の顔が柔いで、

「政情多忙《せいじょうたぼう》で、御心労のことでありましょう」

と、ねぎらわれる。

「御聖徳《ごせいとく》国内にあまねくうるおいますので、成す仕事もなく、手持無沙汰でございます。時に、太妃

さまには、いろ〳〵と御心を使われ恐縮にございます」

と、軽く頭を下げる。

「お言葉でございますが、太子の日本留学は、悲しいのです」

と、太妃さまがかなり明けすけに答えられる。お気性《きしょう》の激《はげ》しい方であることは、伊藤もよく知っていたので、

「太妃さま！　わたしはもうこのように年をとって居ります。神に召される日は近うございますので、心に偽りなく申上げます。皇太子さまの日本留学は、決して、人質《ひとじち》にするつもりではございません。万一、日本に他意《たい》があれば、ご幼君を人質にしなくても、ほかに手段がございましょう」

と、素直《すなお》にいう。

「そのおことばで心が安まります。けれども、海外万里の旅のこと、異国での不便《ふべん》を思うと、不憫《ふびん》でなりません」

と、太妃さまは、涙ぐまれる。

「は。御心情、お察し申上げます。尊い御位にあらせられましても、親子の情愛にはお変りございませんでしょうから、伊藤もよけいなことをすると、只今ここで胸がつまりました。しかし、将来の日韓両国のためを思いますと、どうしても皇太子さまの渡日が必要でございます」

と、太皇帝陛下が、おことばをはさまれる。

「伊藤公！　わかりました。公に任せます」

「は。うれしうございます。伊藤にお任せ下さいますとのおことば、誓って、皇太子殿下のご安泰《あんたい》を取はかろう所存でございます」

伊藤は、丁寧《ていねい》に頭を下げた。

「もうやむを得ません。この上はせめて、休暇には、帰国するようお取計《とりはか》らい下さい」

太妃さまは、涙を見せまいと、そっと手巾《ハンカチ》を、お顔にあてられる。

「は。夏休みには必ず御帰朝なさいますように致しますから、御心を安ませて下さい」

伊藤は、誠をこめて、そうお答え申上げる。その顔には、政略家《せいりゃくか》の嘘も、辞令《じれい》もなかった。それが、お二方を安心させたのである。

嵐の門出《かどで》

1

「太子《テジャ》マーマ。どうか次の間までお出で下さいませ」

李天喜《りてんき》が、そっと障子を開けて申上げる。

「うん、お腹がいいから、何も食べないよ」

英親王は、にっこり笑って、席を立たれる。

「でもございましょうが、せめてもの心づくしのお料理、一箸なりと召上り下さいませ」

李天喜は、腰をかがめ、上体をやや斜めの姿勢で、お導き申上げる。

次の間には、十人ばかりの若い侍女が、起立してお迎え申上げた。皇太子さまを送る秘密の宴《うたげ》である。

母君ともお別れの晩餐《ばんさん》を頂いたし、近侍の者達の送別の礼も受けた。太子大師《たいし》に任命された伊藤公、小師の李完用とも、対面の式をとり、昌徳宮の兄陛下、皇后陛下にもお別れ申上げるなど、お小さいからだで、寧日《ねいじつ》なくお動きになられて、いささか疲れ気味である。

が、乳母《うば》や乳母同様にお小さい時から傍《かたわら》に侍《かしず》いていた侍女たちの、涙ながらに、今宵のこの集りを許されたいということの願いごとを、何うして無下に退けられようか。

英親王は真中の席につく。横に長い大膳《たいぜん》の上には、月餅《げっぺい》、松餅《しょうへい》などの数々の餅と、煎菓《せんか》や白酒が、油物《あぶらもの》に肉の御料理と一しょに飾ってある。

金盃《きんぱい》に、白酒を注いで、しず〳〵と前に進み出たのは、乳母だ。

「太子《テジャ》マーマ。召上りませ。これぞ名残の盃でございます」

と、拝礼して、キッと咽《むせ》び泣いた。

次に進み出たのは、今宵集った侍女中の最年輩者の金順喜女官《きんじゅんきじょかん》。まだ二十四歳の若さなのに、宮中で童貞《どうてい》を終えよう決心の楚々《そそ》とした姿である。英親王の傍に仕《つか》えて十年、乳母と同じく、最も悲しんでいる一人だ。

その次が李天喜《りてんき》！　小間使として、英親王の手足となって仕えた少女。

「太子マーマ。今宵これにてお別れ申し上げれば、何日また玉顔《ぎょくがん》が拝めることやら……」

といいかけて、わッと泣き出してしまう。

いつもなら、無礼呼ばわりされるのであろうこの情景《じょうけい》も今夜は天下御免《てんかごめん》とばかりに、誰も見とがめ手がない。

いや、悲しみ愁《うれ》いが一度に吐き出されて、並居る侍女が皆一斉に、歔《すす》り泣き始めたのだ。

英親王も悲しかった。この暖い宮中も今宵限りかと、耐え忍べない嘆《なげ》きや恨みが、はらわたを千切った。

が、さすがに御自分のお位を省《かえりみ》て、醜いお顔を見せまいと力《つと》められる。

その時、金順喜が、手巾《ハンカチ》から顔を出して、涙にぬれた声で皆をたしなめる。

「各々方、もう泣くのは止めましょう。胸に波打つこの悲しみ怨みは、漢水《かんすい》を以ってしてもかなわぬほど！　でも！　折角、明日は、波濤万里の異郷に旅立たれる太子《テジャ》マーマ。御心中を和《やわら》げ、お慰め申すための折角の催《もよおし》が台なしになります。さ、何かお慰め申上げる趣向はござりませんか」

すると、涙せず、只一人沈鬱《ちんうつ》な顔でむっつり坐っていた侍女が、発言を求めた。許されると、英親王の前に来て、拝礼し起立して両手を前に重ね、頭《こうべ》を垂れて、こう言上した。

「太子《テジャ》マーマ！　万里の異国に行啓なさっても、国難に殉《じゅん》じた人々の名を決してお忘れ下さいますな。さきに韓日の協約が結ばれますや、これを亡国の第一歩であると歎いて、自刃した者。たとえば、闕下《けっか》に平伏して号泣した閔泳煥《びんえいかん》は自宅で、趙秉世《ちょうへいせい》は表動院《ひょうくんいん》で、洪萬植《こうまんしょく》と尹斗炳《いんとうへい》は街路で痛哭して後に、駐英公使の李漢應《りかんのう》は倫敦《ロンドン》で、皆自刃して果てました。その他の多数無名の義烈な人の憤死《ふんし》のこと、太子《テジャ》マーマ、どうか御記憶下さいませ。おからだは人質にされましても、決して心は捕われますな」

一座は重苦しく静まり返った。

英親王は容易ならぬ空気がひし〳〵と心に迫り息苦しいばかり。

と、廊下のほうに、気ぜわしげな足音がして、

「これはまア！　何としたことじゃ」

と、現れたのは、金尚宮《つぼね》！

若い侍女達は、はっと身づくろいして起ち上る。

「太子《テジャ》さまは、遠いお旅立を前のおからだじゃございませんか。皆のもの奥へ引き上げられい」

若い侍女達は恐れ入って、英親王に目礼して、一人々々下っていく。

「太子さま！　では、ご寝所に！　故国の夢も今宵限りかと存じます。どうか、安らかにお過し遊ばしませ」

金尚宮《つぼね》は、そういって、老の眼をしばたたいた。

2

翌る日、英親王は、宮中に別れを告げて、仁川に向かわせられ、日本軍艦、満洲丸に御乗艦なされた。東宮大夫の高義敬《こうぎけい》伯《はく》、侍従武官長の趙東潤《ちょうとうじゅん》男、宋秉畯《そうへいしゅん》、李允用《りいんよう》らの随員に、伊藤公の御先導である。

英親王は鉄甲艦上に登られた時、

「あ！　もう今までの自分とは永遠に別れた」

という考えがきらめいた。

鉄甲を踏む足の感じが、そういう考えを起こしたのではない。日本国皇太子の行啓があった時、仁川までご送迎申《そうげい》した時に、軍艦は見ている。

赤茶けた山が、波の彼方に遠のくのを見つめている心に、ゆうべの女官達の集りの模様がふと思い浮ぶ。歎き怨めしく悲しげな人達のことばは真実であり、情愛深かった。

が、いつまでそれに没して居られよう。

水兵がきびくと動いている。下仕官はそれぐの部署を守って、黙々と責任を果している。砲身には覆いをかぶせ、英親王の前には艦長が侍《はべ》っている。

(ああ！　ここは、違う)

天と地の差！　いや、夢と現実の違いだ。

長い裳裾《もすそ》をひいて、音もなく歩いている女官のあの世界！

(あれは夢の国だ)

艦は波頭を蹴散らして、西海岸を見ながら、一路南へ南へ、多島海の風物は言語に絶するほど美しい。

(錦繍江山《きんしゅうこうざん》！　無窮花《むきゅうか》三千里)

ああ！　けれども、島かげに見える荒れ家。民草の住居にしてあまりに、貧弱で、生躍する力がない。

ふと母君の御姿が心にちらつく。

「来年の夏にはきっと帰してもらうのですよ」

帰りたい！　たった今、宮中へ！　飛ぶ鳥のように翼《はね》があれば！

と、伊藤が、傍に来ている。

「皇太子さま！　望遠鏡で島をご覧下さい」

うしろに廻って、機械を眼に当ててくれる。遠いものを遠くに見るつもりでのぞいたが、青い光りがワッと迫ってくるだけで何も見えない。

「は、はは！　皇太子さま！　すぐ近くに来ているのでございます」

あ！　なるほど、見えた。豆粒《まめつぶ》のようだった民家がすぐそこに大きく映っている。漁師《りょうし》が何かつくろっているのがはっきり見えた。

望遠鏡をのぞくのでさえこのようにまごついた！　恥だ！

日本には、未知のものが一ぱいあるようだ。

（勉強しよう）

母君のお姿を心から消そうとする。

「あのひと何をつくっているの？」

面白くて、もう一度望遠鏡をのぞきながら、英親王はたずねた。

「漁師が網をつくろっているのでございます」

伊藤がにこやかに答える。

「あれで魚をとるんだね」

「はい！　網を下ろすと魚がひっかかるのでございます。ですが、あのような小さな網では、いか程もとれますまい。日本には網の城をつくって、何千何万という魚の大群を、その中におびきよせて、一挙に捕りつくすのでございます」

「網の城！」

ああ、わからんことだ。

と、ラッパが鳴った。はっと見ると、水兵が舷側《げんそく》に整列している。塔の上で、一人の水兵が手旗信号だ。

「向うに僚艦《りょうかん》が通りますので、軍艦同志の挨拶《あいさつ》でございます」

伊藤がご説明申上げる。

英親王は、巨大な砲身をこちらに向けて、雄壮な姿で波頭《なみがしら》を蹴っているあちらの軍艦を眺めた。

「旅順《りょじゅん》にいくのでございましょう。三年前までは、この海には露艦がうよ〳〵して居って、日本の軍艦を侮《あなど》っていたのでございます。その露国艦隊を、東郷大将が、玄海灘と日本海で全滅させたのでございます。今日では、黄海にも日本海にも外国船は姿も見せません」

「そういう大きな戦争が、わが国の近海であったのか」

「は。皇太子さまがお小さい時だったし、宮中にばかりおいででしたので、おわかりにならなかったのでございましょう」

「陸戦のことは知っているよ。日本兵が大そう強いという噂さだった」

「は。たしかに日本兵は強いのです。あの水兵も、陛下のためだ、皇国《みくに》のためだといわれれば、立ちどころに海へもとびこみましょう。ぷす〳〵燃える砲丸に乗って、敵艦に体当りも致します」

「破裂《はれつ》すれば、からだごと木葉微塵《こっぱみじん》ではないか」

「そうでございます。日本兵は死を恐れないから強いのでございます」

英親王の眼にうつる、そこいらの兵が、何か違う人間であるように見える。

思いきってきいた。

「その父母は歎かんのか。泣かないか」

「はい！　心では泣いても、顔には出しません」

英親王は、またゆうべの情景を思い出した。泣くために長い大きな手巾を用意して、泣く会を催した女官達。

（だから、わが国は亡びるのか）

（いや！　あれは情操が豊かだからだ）

と思い迷って、わからなくなった。

「お疲れのご様子でございます。少しおやすみなさいまし」

英親王は、寝床にいって、からだを横たえ、眼をとじた。スクリューの音で、どうにも眠れない。

花園から急に嵐の中に投げ込まれた蝶《ちょう》のように、戸惑《とまど》うばかりだ。

頭が割れるように痛い。漸くうと〳〵すると、誰れか起しにきた。侍医が聴診器《ちょうしんき》を持って現れて、胸に当て、脈を計る。

「もうすぐ、ご上陸でございます」

英親王は起きて、支度にとりかかった。

導かれて外に出ると、緑なす島かげの向うに悠然《ゆうぜん》と迫る陸地。樹は茂り、海は青く、空の碧色《あおいろ》も眼立って濃い。

「お早うございます」

伊藤が傍によって、

「あれが馬関でございます。ご覧下さい。新式の船が港一ぱいにたむろして居りましょう。日本も開けました。伊藤がまだ若い頃、ここの長州藩の武士共が、血気にはやるままに、攘夷《じょうい》と申しまして、外国軍艦と戦争を起こしましてな。一隻二隻の時には、味方の砲台は勝ちましたが、敵は連合艦隊を組んで攻めてきたからたまりません。全砲台滅茶《めちゃ》々々にやられまして、忽ち降伏でございます。イギリスでそれを知った伊藤は、とるものも取りあえずに帰朝《きちょう》して、講話談判に乗込んだのでございます」

「それで、どうなった？」

「あやまったのでございました。実力もなしに猪突《ちょとつ》したって、勝てっこありませんからな」

「洋夷排斥《よういはいせき》は、わが国にもありました。米国船シャーマン号を、大同江で焼き払い、船員を殺したと、

参ります。あ！　埠頭《ふとう》で、太極旗と日章旗がはためいて居ります。皇太子様をご歓迎申上げる日本の国民でございます」

「徒らに攘夷ばかりでは国が保てません。皇太子さま！　ご勉強なさっている中に、大勢《たいせい》がわかって

李師《りし》から教わったよ」

旗の嵐の中を御上陸なさって、汽車にのられ、沿道の歓迎に答えながら、お召列車は、一路東へ東へ。

この列車が、終点新橋駅につく頃、日本国皇太子嘉仁《よしひと》親王はじめ各宮家、西園寺公望内閣総理大臣以下閣僚。山縣枢密《すうみつ》院議長、徳川家達《いえさと》貴族院議長、杉田定一衆議院議長、その他朝野の名士一千余名が、駅頭を埋めて、英親王をお迎え申していた。

英親王は、韓国の歩兵参尉の御服装に、李花大宝章《りかたいほうしょう》と日本国の菊花大綬章《だいじゅしょう》を帯びて、伊藤公に御手をひかれて、ホームに下り立った。大勢立ち並んだ人を背に、嘉仁親王がにこやかな御顔で、前に進み出られる。つい先々日、韓国に行啓された嘉仁親王は、英親王にとっては唯一のお知合いといってよい。静かな王宮からいきなり近代化されつつある大都市の駅頭に下りた英親王は、嘉仁親王の御手に、手をとられて、ほっとした。英親王の兄陛下とほぼ御年を同じくする嘉仁親王は、幼い英親王を弟君か、御子に対するように労《いた》わり深いおことばをかけられる。英親王はお答えのことばを述べられて、梨本、朝香各宮殿下とご挨拶を交わされた。やや広めの御額《ひたい》には高貴ないろが漂《ただよ》い、丸ぼちゃの両頬には、邪気の無い愛らしさが、見る人の心を打った。御年よりやや低い背の英親王は、白髯《はくぜん》の老爺《ろうや》伊

藤公に手をひかれて、駅頭へ出られる。列び居る人々が拝礼をして、頭を上げた時、英親王は可愛いお手でご返礼をなされる。

「まア！　お可愛らしい」

「おたあさま（お母さま）のお膝元《ひざもと》をお離れあそばす時、さぞお辛かったことでございましょうね」

と、貴婦人の間に、ささやきが起きる。そして、はっと涙ぐみ、顔を覆《おお》うハンカチが白くちら〳〵する。

伊藤公は、英親王を御車に御案内申上げて、自分も陪乗《ばいじょう》した。

「皇太子さま！　ご覧下さい」

と言って、走る車の窓から、外を指しながら、店舗《てんぽ》や諸官衙《しょかんが》の立並んだ近代建築を誇らしげに説明する。

英親王は、旧い城門と苔《こけ》むした城壁をふと想い浮べる。彩色鮮かな咸寧殿《かんねいでん》や大造殿《だいぞうでん》を思ってみる。

（なるほど、こういうのが西洋建築か）

一つ一つ驚くような心で、考え深くなられた。

そして、芝離宮へ導かれた時、その驚きは一そう大きく複雑になる。絢爛《けんらん》な室内装飾は、想像だに出来なかった異国の風だ。

（おお！　これは！）

ただ見、驚き、また見られる。考える遑《いとま》はなかった。

やがて、独りになった時に、そういう華麗《かれい》な装飾にかこまれていながら、何か洞穴《ほらあな》にほうりこまれたような寂しさに襲われた。それは豪華《ごうか》な割に、どことなく陰気な建築のせいばかりではなかったようだ。

不安な夜が来た。女官の絹ずれの音も、柔い声もなく、こわばった侍従たちのことばに送られて夢の国に入っていくほかない。

(人質にされたというのが、ほんとうかも知れない。もう二度とあの祖国には帰れないのだろうか)

なぜか、そう囁《ささや》く声に導かれて見た夢は、あの夜、恨めしそうに言上していた侍女の姿と、心憂わしく門口まで送って出られた母君のお顔だった。

一夜が明けた。

天皇陛下に御拝謁《はいえつ》の儀がある。

(日本国天皇はどのようなお方であろうか)

英親王は、父太皇帝陛下の温和なお姿を思ってみる。けれども、日本国の天皇陛下のお姿は、そういう優和さにはぴったり来ない。砲を撃つ兵！　突喊《とっかん》する将校！　神経質な統監府の下役人！　威風堂々と行進する軍艦！

(さぞこわいお方であろうか)

侍従が書いてくれたご挨拶のことばを、何度も読み直して、言上の時忘れないように骨を折られる。

伊藤が現れる。導かれて御車に乗られる。

二重橋から宮中へ。表の溜間《たまりのま》でしばし待って、鳳凰《ほうおう》の間へ進み出ると、大元帥服《だいげんすいふく》の天皇陛下が、皇后陛下とご一しょに、玉座《ぎょくざ》にいらっしゃる。

英親王ははっとして御前に進み出る。唇がこわばって暗誦《あんしょう》しておいたご挨拶のことばも忘れ勝ちだ。英親王が近づいたら、両陛下が立たれた。そして、優しくお顔をおやわらげあそばして、英親王がご挨拶言上の終るのももどかしく、

「ご遠路をさぞお辛かったでしょう」

といわれる陛下のおことばの、何と柔かく、鄭重《ていちょう》だったことであろうか？

そして、皇后さまが、

「どうぞこちらへおより下さい。おたあさまは、どのようにお歎きなされたことでしょう？」

と、おっしゃって、英親王の手をとられた。

友邦の皇太子を迎えて、鄭重《ていちょう》の中にも、この柔和なおもてなしに、英親王は、ほっと心がなごむのであった。

あくる日は、両陛下が離宮《りきゅう》へ行幸あそばして、英親王の寝所や居室をあらため、膳職《ぜんしょく》に細いご注意をあそばした。

お帰りの時には、

「さびしい時は、いつでもお出で下さい」

と、皇后さまは、やさしくおっしゃる。

英親王は、母君に会ったのと同じ慰めを受けられた。それで、その後は、

「きょうは、皇后さまにお会い申したい」

と、ふいに言われて、車で宮中にいかれる。

嘉仁親王が宮中に召されるよりも遙かに多く、英親王は皇后さまに会われる。故国の宮中に居る時に、気が向けばいつでも内殿へ行かれたあの気安さであった。御政務にお忙しい陛下も、英親王の参内と聞かれると、

「おさびしいでしょうから」

と、お喜びのお顔をなされる。

そして、その度に何かお手元の品を下さる慣《ならわ》しとなった。

ある時は、純金製《じゅんきんせい》の置時計をとり上げて、

「ここをまわすと、音楽が聞こえます。ほら、英国の国歌ですよ」

と、機械のご説明をあそばして、英親王の手に渡された。

贈りものが、あまりに多く、度重るので、伊藤公は見かねたように、

「聖上《おかみ》！　恐れながら、皇太子さまのご教育のためもありますから！」

と、お断り申し上げた位だ。

それでも、陛下は、英親王に会われると、つい何か上げないでは居られない。可愛くてならないご様子であらせられた。

皇后さまは、常の間に英親王を招いて、慰められる。御和服におくつろぎあそばした皇后さまは、お煙管《きせる》できざみを召上りながら、いろ〱とお話しあそばされる。英親王は、皇后さまがお煙管《きせる》でお煙草を召上るのが面白くて、

「くにの母君は、長いお煙管で召上ります。あんまり長いので、お手が届きませんので、煙管の火付役をする侍女が居る位でございます」

と、申上げたら、その邪気のないお話しぶりが、面白くて、皇后さまは、お笑い出されたが、お笑いが止まらず、そばにいる局《つぼね》と顔見合わせて、またお笑いあそばすという具合であらせられた。

惑星《わくせい》北に墜《お》つ

1

伊藤は、英親王を国中の要所々々へご案内申上げて、実地ご見学の機を与えられた。呉軍港から北は東北、北海道まで、ご足跡はあまねかった。日本の東宮さまと全く同一のご待遇を申上げよ、と宮内省ほか関係方面へ、一々渡りをつけて、伊藤は細心の注意を怠らなかった。明治維新このかた、伊藤が成しとげた大事業の中で、英親王ご教育が最大の仕事のような意気込みであった。日韓両国の永遠の親善を思うと、英親王のご教育は確に大事業というべきである。

それで、統監職も曾禰荒助《そねあらすけ》に譲った程である。職を辞する少し前に、伊藤は隆熈皇帝《りゅうきこうてい》の西南ご巡幸という事業を成しとげた。古来韓国皇帝は一里の外に出でずという不文律《ふぶんりつ》があった。それを敢えて破って、皇帝の西南巡幸を仰ぐようご奏上したのである。皇帝の御駕《ぎょが》を仰いだことのない地方民、ことに李朝五百年間、賤民待遇《せんみんたいぐう》に甘んじていた西部地方民に与える影響は大きかった。その機をつかんで、伊藤は政治の大改善を断行、教育の刷新、治山治水《ちさんちすい》の策を立てるなど、大いに働いた。

それにも拘らず、国内の排日熱は日ましに熾《さかん》になるばかりである。英人経営の「毎日申報《しんぽう》」は、治外法権新聞の特権《とくけん》にあったので、公々然と日本を非難し、親日政権李完用内閣を攻撃した。

それに呼応して、海外に居る韓人の政治活動は、日を追うて活発となった。一九〇九年三月、統監府の外交部顧問の、米人スチブン（Durham white Stevens）が、休暇を得て、アメリカへ帰った。サンフランシスコに上陸すると、待ちかまえていた新聞記者にとりかこまれる。彼はホテルで記者会見の時、

「統監部の実体如何？」

という質問に、すら〳〵と次のように答えた。

「統監政治は朝鮮の開発と朝鮮人の幸福増進に忠実である。朝鮮人は統監府に依り、旧韓国時代の虐政を免《まぬ》がれ新しい幸福に向いつつあると思う」

スチブンは、伊藤を信じていたし、施政《しせい》の改善の功を率直に認めたのである。排日論が幅を利かしつつあったアメリカの輿論に、これは大きな影響を与えた。新聞は驚異の筆で書き立てる。

驚いたのは排日熱をあおっていた在米韓人達である。新聞にその記事がのった朝、崔有渉《さいゆうしょう》、李徳鉉《りとくげん》ほか四名の韓人青年は、憤然として、スチブンを訪ねた。

「貴下は、日本の野望を擁護するつもりか」

「野望を擁護するつもりはない」

「日本が韓国を占領して、満州を奪取することは、アメリカにとって有利か」

「そんなことはない。伊藤統監府はそんな野望はないものと認める。そういう野望があれば、アメリカは黙っていない」

「貴下の発表は、アメリカの輿論を迷わせるものだ。伊藤に買収されたのだろう！　即時、あの記事を取消してもらいたい」

「取消すことは出来ない。韓国は只今の実力では自立出来ない。東学党《とうがくとう》乱以前の紊乱《ぶんらん》に陥ることは明かである。無益の戦争が起きるのは防がねばならない」

もう何をかいわんやだ。問答無用とばかりに、四青年は帰っていった。

と、あくる朝、ワシントンに向うスチブンを、オークランド駅で待ち伏せ、車室に闖入《ちんにゅう》した二青年が矢庭にピストルのつきつけて、パン、パンと二発！　スチブンの胸に打ちこんで逃げた。スチブンは即死！　二青年は捕えられたのである。新聞は下手人《げしゅにん》の名を、張仁煥《ちょうじんかん》、田明雲《でんめいうん》と発表した。

アメリカに居るこの韓人の動きに呼応した北部満州の韓人は、義勇軍を組織して、日軍追放のために一大接戦を行うべく意気軒昂《けんこう》であった。

寺内正毅など対韓強硬論者は、国内のその種の不穏、排日運動を即時弾圧して、一気に併呑すべしとする意見が強くなった。

それを抑え、抑え得るのは、伊藤とその僅かの支持者だけであった。

ちょうどそのような折に、伊藤は、枢府議長に就任していたが、露国の大蔵大臣のコーコヅオフと会見のために、北満ハルピンに向け出発した。

「皇太子さま！　何かお伝言はございませんか」

伊藤は、出発の前夜、英親王ご用邸に参上した。

英親王は、鳥居坂の佐々木侯爵邸を買上げて修理してお使いになっていられる。

「母君にお会いしたい」

英親王は、伊藤公が韓国に行くというのをきくと、帰りたい心を堰《せ》き止めることが出来なかった。が、
伊藤は、

「漸く日本にお慣れになられたところですから、もう一寸ご辛抱下さい。ハルピンから帰りましたら、お伴して、ご一しょに帰国しましょう」

と、なだめた。

2

伊藤がハルピン駅頭に下り立ったのは、十月二十六日の午前九時である。出迎えたコ氏と並んで、駅前に整列した露国軍将兵を閲兵《えっぺい》する。日露戦後僅かに五年、戦争中の苦しい思い出が心にちらちらしたが、伊藤は親愛の情を顔に現わして答礼しながら、列の終りまで行き、もどりかける。

と、そこのホールの外に群った人の中から、洋服の男がさっとかけて出て、

「伊藤博文！　待てッ」

と言い終りもしない中に、六連発銃を、つづけざまにうちまくった。

伊藤は右肺《うはい》に火を感じ、つづけて腹部に一弾を受けて、からだの支えがきかず、その場に崩れた。

そのはずみに第三発は、耳もとをかすめ、つづく四、五、六発目は、随員に命中して、「あッ！」と声をはなって倒れる。

間髪《かんぱつ》を入れずに、露国兵士が壮漢に躍りかかってとり押えた。

コ氏が青ざめて伊藤を介抱する。

「公爵さま！　しっかりして下さい」

誰かそう叫んで、背中をかかえる。

「犯人は、韓国の者か」

伊藤は、もう眼がかすみかけた。血がどっと流れて、からだはがらん洞になったよう。

「そうであります。韓国の青年です」

「やっぱりそうか！　その青年にいってくれ。伊藤は君の怨みはよくわかる、となあ」

「閣下々々！」

「もうおそい！　駄目だよ！」

「閣下！　大じょうぶです。しっかりして下さい」

「わしは、韓国のためにつくしたつもりだ。わしが居なくなれば韓国は亡びる。日本の軍人にも言え！国家百年の……」

大計をあやまるな、と、そういおうとしたが、がっくりと首が折れた。

明治維新が生んだ偉人の生涯は終ったのである。享年六十九。

この報を聞いた時、英親王は、進講者《しんこうしゃ》の櫻井の前にはっと首を垂れて数瞬何か放心したように呆《ほう》として居られる。やがて、お上げになった頬《ほお》に、二たすじの涙が光っていられる。

「伊藤がなくなった。韓国はどうなるであろうか」

という不安が、英親王の心に、黒雲のように襲いかかったのである。

英親王より更に一段大きく驚かれたのは、昌徳宮にいらっしゃる隆凞《りゅうき》皇帝陛下であった。お食事時で厨房侍女《ちゅうぼうじじょ》がお膳を運び入れたのを、そのままに、

「伊藤公あっての韓国だった。もう国運は尽きたよ」

と、仰せられて、直ちに御駕を命じられ、徳壽宮の太皇帝陛下の膝下に参内あそばされた。

太皇帝陛下は、ちょうど御晩餐《ばんさん》中で、近侍や宮女を相手に四方山話《よもやまばなし》に興じて居られたが、伊藤公の悲報を聞かれるや、

「なに？」

と一言仰せられて、御手のお箸を、ことりと落とされた。

そして、しばしは悲しいお顔をなさったまま、つぐお言葉もなく、息もなさらなかった。

ややあって、

「李朝の社稷《しゃしょく》は終ったよ。数度の韓日協約も、統監府設置も、みな、伊藤公を信じたればこそ調印したのだが」

と、長い溜息《ためいき》をもらされる。そして、はっと思いつかれたように、

「太子はどうなるであろう？　太子の身辺が気づかいじゃ」

とさっとお顔を曇らせる。

風雲急なり

1

韓半島の民衆を戒諭《かいゆ》するご詔勅《しょうちょく》を下され、中枢院議長の金允植《きんいんしょく》と宮内大臣の閔丙奭《びんへいせき》の二人を急遽《きゅうきょ》渡日させて、日本皇室と朝野に陳謝《ちんしゃ》使節とし、伊藤公に、文忠公と謚号《しごう》を授けて、国葬に参列させたり、李花宮中では、愁雲《しゅううん》慌《あわただ》しく、心から哀悼《あいとう》と謝意を表したけれども、日本の韓国に対する憎悪《ぞうお》の念は、一度に爆発した。ことに軍人間に、

「文官統監じゃ駄目だ！　武断で臨め！」

「温情を垂れれば、つけ上るばかりの韓人だ」

「いっそのこと併合してしまえ」

という叫びが熾《さか》んになった。

曾禰《そね》統監《とうかん》のあとをついだばかりの寺内は、陸軍大臣の要職から韓国に来る時、既に肚《はら》は決っていたのである。伊藤の微温《びおん》的な対韓政策に不満だった彼は、一個師団以下の兵力で、十日もあれば全韓占領は易々たるものだ、日本の温情をいいことに理屈ばかりこねている韓人なんか一揉《も》みに揉《も》みつぶし

てしまえとばかりに、漢城《ソウル》に乗り込んできたのである。

倭城台《わじょうだい》の統監府官邸に、巨体を据えて、ご自分の頭蓋骨《ずがいこつ》によく似た北漢山のあの三角形に突出して奇怪な、獣面《じゅうめん》の峯々を、かッと睨《にら》んで、

「屁理窟《へりくつ》ばかりこねているとつぶすぞ」

と、ビリケン頭に湯気《ゆげ》を立て、つり上った眦《まなじり》を陰険《いんけん》に見開いて、韓国の要人を次々に呼びつけた。が、人の心を見るのに機敏で、長いものには如何に巻かれればよいか小賢《こざか》しい才能に長けた李完用は、その湯気《ゆげ》を上手に拭ぐいとったのである。

「警察機関を、統監府に移譲《いじょう》したいが、どうか?」

寺内は、伊藤のように、これ〱だから、こうしたらどうだろうとはいわない。

「は。閣議にはかりました上で、ご返事致します」

李完用もさるもの、どうしてですか? などと野暮な質問はしないのだ。

日露戦争以来二三度会っている寺内だが、今こうして倭城台《わじょうだい》の主人になってみると、嘗ての日、この韓半島に君臨した倭《やまと》の諸将の中でも最も獰猛《どうもう》な面相の武将のような気がする。任那《みまな》、百済《くだら》時代のことは古すぎるからさておき、豊太閤の朝鮮侵攻の時の虎退治で有名な加藤清正ですら、人間味豊かな顔をして、子供相手に戯《たわむ》れるという稚気《ちき》があった。クリスチャン大名の小西行長の如きは、愛すべき逸話を数多く残して、今なお一部では慕われている位だ。

警察権をくれ、という寺内は、顔色一つ動かさずたった一つ残った飴玉《あめだま》をしゃぶる幼児に、「その飴くれ」とひったくるよりも、非人情に云ってのけたものである。

李完用は閣議にかけた。反対する閣僚がいたのは云うまでもないこと。が、李完用はその閣僚の名を、倭城台《わじょうだい》に電話し、倭城台はその閣僚を呼びつけて、ビリケン頭を拝ませる。と、もうすべて、はい〳〵ご無理ご尤もで納《おさ》まる。この時、強く反対されたのは、昌徳宮の隆凞皇帝陛下《りゅうきこうていへいか》だ。

「国権発動の機関の最後のものまで、とり上げたら、卿《けい》らの内閣は有名無実ではないか」

太皇帝に比べて、温良そのものの隆凞皇帝にして、このおことばである。

「は。さりながら、万一再び伊藤公暗殺のような事件が起きました場合、又、どのような責を負わされるか存じませんので、いっそのこと、あちらに移譲《いじょう》しますれば、難題を吹きかけられず、何事も平穏に過ごせるかと存じ上げまする」

ことばは綾《あや》である。その綾が巧みであれば、人の心を眩惑《げんわく》することは易々《いい》たるもの。王者のお徳があるばかりで、人間に揉まれていない皇帝は、

「それも、そうじゃ！　よいようにせよ」

と、遂に仰せられたのであった。

外交、行政、司法、警察の四大機関を接収されては、既に軍隊も解散されたのだから、四肢を切られた胴体だけの哀れな生物である。いっそのこと殺してくれ、殺してしまえ、何時殺すといい出すか、

韓半島は片唾《かたず》を呑んで、ビリケン頭をこわごわ見つめている。

こうした中で、独立新聞、大韓民報、大韓毎日申報の各紙が、反日気勢を上げていた。大韓毎日申報は、対日国債返還運動を提唱《ていしょう》して、禁煙して醵金《きょきん》した金で、日本の実力を韓半島から追出そうと試みた。が、そうした零細《れいさい》な金で国権を恢復するには、日本の銃剣はあまりにも強かった。醵金を曖昧《あいまい》に消費したという嫌疑《けんぎ》をかけて、同紙の英人ベッセル社長と主筆の梁起鐸《りょうきたく》の両氏は起訴され、廃刊処分を受けた。大韓毎日申報を筆頭に、反日系新聞は悉く弾圧、残されたのは李完用の機関紙大韓新聞、統監府御用紙の漢城新報（後に京城日報）、一進会の国民新報だけとなった。

言論の自由を奪われた韓国民は、四肢《しし》のない胴体と、五感のないのっぺらぼうな顔で、漸く息だけつないでいる。この惨《みじ》めな姿に、李完用はさすがに胸が痛かった。

警察権譲渡の条約に署名調印した日、帰りの馬車で、

「しかし、こうしなければ、わが国はもっと悲惨な状態に陥《おちい》るだろう」

と、考えて、自分を慰めた。

街路には白衣の群れが悠々《ゆうゆう》と歩いて居る。店舗《てんぽ》は物売りに忙しく、路面は改修されて平だ。統監府が出来てから、路幅は広くなり、建物は新しくなった。人民は身分の差別なく、就学就官が出来る。東学党乱以前の、この国の庶民は、僅かの両班《ヤンバン》（士族）階級に圧されて、奴隷《どれい》生活に甘んじていたではないか。

「民は政治の如何に拘らず生きのびる」

しかも、解放された庶民階級は、今眼の前に見る通り悠々自適ぶりだ。

「おれがやったことに間違いはなかった」

と、自信が湧く。

「寺内がどう出ようと、おれはただでは渡さない。民よ！　万事おれに任しておけ」

と、考えて、彼が自分を欺《あざむ》いた。

南大門を通りすぎた。人々が馬車を振り向いて、憎悪《ぞうお》の眼を送る。

李完用は目をつぶった。見たくないのだ。その時、

「国賊李完用！　待てッ」

と、群衆の間から青年が躍り出た。

2

刃《やいば》が青く光った。御者台に居た護衛者が転り落ちた。鮮血がその男の胸から迸《ほとばし》る。

李完用は、あッと外にとび出した。が、襟首《えりくび》をつかまれて、どうと倒れた。冷たい刃がぷすッと刺しこまれるかと思ったが、誰か、凶刃《きょうじん》を止めた。と、青年は、

「邪魔するかッ」

と、怒鳴って、李完用に迫る。

「国賊！　思い知れ」

と、拳《こぶし》ごと突《つ》き通れとばかりに刃をさしこむ。が、その腕をさっとつかんだのは、かけつけた巡警であった。格闘が始った。李完用ははっと起きて駈けた。脚がふるえ、心臓が高鳴って、悪夢にうなされるように手脚が痺《しび》れる。群衆が白く雲霞《うんか》のように集った。逃げる恰好《かっこう》は可笑しかった。胸から鮮血がぽたり、ぽたりと落ちた。灼熱《しゃくねつ》した太陽は、その血を路面に焼きつけて、忽ち真黒い斑点《はんてん》にした。転々と血痕《けっこん》を落しながら、彼はうつ向き加減に、一歩、一歩、又一歩と歩く。右手は胸を抑え左手は虚空《こくう》をつかむ風だ。誰れも助けようとせず、声もかけなかった。第二の刺客《しかく》が現れれば！　ああ。彼は、顔を上げて、恐怖《きょうふ》した。戦慄《せんりつ》が五体をわなわなとふるわせる。

「誰れか！　誰れか、来てくれッ」

物かげにかくれないでは、この恐怖から逃れられないだろう。南大門が厳かに控えている。幾多の変事を眺め、幾度か血を見た南大門は、ああ！　何と冷酷《れいこく》だろう？　群る民は、悉く敵だ！　無言の姿は、それを雄弁に物語る。黒に紺の制服の巡警が方々から駈けつけて、犯人を捕えている。誰も自分の方へはやって来ない。今に昏倒《こんとう》しそうな彼！　丸腰で刺客にさらされた総理大臣閣下！

「おれは韓国の救主だぞ」

漸くに馬車がかけつけた。

「閣下、閣下」

「馬鹿者！　どこをうろついておった」

「いえ！　すぐに追いかけてきました」

御者のいうのがほんとうであった。完用が起きて歩いたのは僅かに十歩！　間髪を入れずに御者は後を追ったのだ。恐ろしく長い距離を感じ、虚空に似た時間に脅《おび》えたのは、李完用自身の神経だったのである。

馬車の中にころびこんで、

「あ！　助かった。おれは殺されたくないぞ」

生きたい。栄華《えいが》が欲しい。

やがて、病院のベッド。医者が、

「傷が浅いから、二週間もすれば全治します」

といった。

それをきいて、よけいに恐怖が増す。あの時、巡警がもし一秒おそければ？　ああ！　恐しい。おれは死んだことだろう！　ぶるっと五体がふるえる。

宋秉畯《へいしゅん》が慌《あわただ》しく入ってきた。

「怪しからん奴だ！　忘恩の徒だ」

宋は、熱血漢にふさわしく自ら昂奮していた。

「李首相でよかったよ！　寺内総監をこんな目にあわせてみろ！　韓国は忽ち占領だ！　植民地だ」

宋は眼が光った。一人で喚きちらしている。

「無頼の徒が市井《しせい》にうよ〳〵している。警察を整備しないといけない。統監は巡警を倍にするといっとった。不平の輩は、あれで乃公自ら忠臣だと思っとるから始末におえないんだ。安重根の馬鹿野郎奴！　何で伊藤博文公を殺すんだ。伊藤公が生きていれば、韓国は安泰だったんだ。日本の軍部の頭を叩ける人はもう居ないではないか！　あれで自分では忠魂烈士気取りだろう！　死刑執行の時のあの大げさな身ぶりは何うじゃ！　韓国独立万歳ィと叫びやがって、手前のために韓国が独立を危うくされたのを知ったらどういうだろう？　李首相！　わしもあんたも生きる道は他にない。これまでやってきた道を進むんだ。信念に生きよう！」

「宋君どうすればいいんだ」

完用は哀れな声できいた。

「弱音を吐きなさんな！　合邦だよ。愈々時機到来だ！　多年の吾輩の持論が実を結ぶ時が来たんだ。胴体だけになった韓国が、若く勇ましい日本と合邦する。韓国にとって損はない筈じゃないか」

「與論だ！　わしが刺された時に、じっと見てばかりいた民衆の心をつかまえなくてはならない」

「民衆は愚物だ！　あんなものの心を全部つかむには百年かかるだろう！　わが一進会員百万あれば

充分だ！　あとの愚物はぞろ〳〵ついてくるか、ぼんやり眺めるだけだろう。あれあれと思っている中に、やってしまうんだ。あッと眼がさめた時には、手も足も出ない！」

「じゃ、やってくれ！　わたしは閣員を説得してみる」

といって、李完用はこうつけ加えた。

「孰《いず》れ寺内さんから合邦の話が出るだろう。出てしまってからでは、こちらの負けだからな」

すると、宋は脅《おど》すような口ぶりでこういった。

「お互に日本の勢力を背景に生きているんだ。万一日本が韓国から手をひいたら、おれ達は子々孫々八裂きにされるだけさ」

3

宋は、その足で倭城台に出向き、内田良平と密談を交わす。

「一進会がお役に立つ時が来たんだ。国内の輿論を一気に引きずっていくには、会員の積極的な働きが必要だよ」

宋のことばをみなまで聞かない中に、

「お金だろう？」

と、内田は云った。

「そうだ！　会員を動員して、示威をやる」

宋はにっこりする。

「いくらあればいいかね」

「百万両だね」

「ふむ！　百万か」

「大きすぎるか」

「うん！　いささか、ね！」

「はっはは！　韓半島は狭いけれど、三千里ある。一国の運命を賭けるのに、百万両が何だ？」

宋は激昂し易い。

「馬鹿をいえ！　そんな意味でいったのじゃない」

内田は、韓国浪人で名を成した人。一進会をつくったのは宋というより内田その人であった。

「じゃ、何うして、出し渋《しぶ》るんだよ」

「宋君！　いやなことをいうね。お金を出すたって、おれが自腹を切るわけじゃないしさ」

「だからよ！　親爺《おやじ》に交渉してくれよ」

「その親爺なんだが、伊藤さんと違って、少ししみったれでね」

「いくらしみったれだって、日韓合邦したいんだろう！」

「それはもう決っているさ。今日明日にも、李完用に言い渡すばかりになっているよ」

「それはまずいね！　おれ達の運動が先きだよ」

「よし！　わかった。出させよう。ビリケンの頭を一つ上手にたたくか。あっははは」

豪傑《ごうけつ》笑いをして、統監室へ歩いていく内田を、宋はやれ〳〵と見送った。

翌る日、青年会館には、一進会臨時大会が開かれた。短髪、中高帽が、彼等の開化装いである。丁《ちょん》髷《まげ》、冠の韓人の中で、彼等のこの姿は目立つ。

「本日、ここにわが一進会臨時大会を開催しましたについては、わが国重大危機を如何に乗り切るか、死中に活を求めるためには如何にすべきか、会員各位の参集を仰いで、ご意見をまとめたいと考えたのであります」

宋は昂奮しかける声を力めて抑えながら、

「日露戦後、東亜に於ける日本の勢力は、唯一、絶対といわなければならない。しば〳〵申すように、わが韓半島の如きは、もし日本が呑んでしまいたいと思うならば、赤子の腕をねじるよりもたやすいことでありましょう。しかるに、我国を実力ある国に育てんとしたのが、彼の伊藤博文公でありました。日本の軍閥は、韓国呑むべしと盛んにいきり立った。任那《みまな》、百済《くだら》で一敗地にまみれ、壬辰《じんしん》朝鮮役に敗退して以来の日本人の希望は、如何にすればわが半島を呑んで大陸を握るかというのに懸っていた。それは野望である。その野望は日本を亡ぼす結果ともなろう、と、かの賢明なる偉人、伊藤公は考えた。かるが故に、韓国呑むべしという軍の野望を挫いて、わが韓国を護ってくれたのである」

「そうだ」「その通り」「違えねえ」「シーッ」「謹聴《きんちょう》々々」

宋は愈々昂奮する。

「吾人は、今や日本軍閥がその野望を成し遂げるべく韓半島に乗りこむことを危惧《きぐ》し居った。豈計らんや、その手先はやってきた」

「寺内をやっつけろ」

「待てい！　吾人の言わんとするところは、寺内統監ではない！　寺内統監の背後に居る軍部だ。しかも、その軍部とわが国の現状にはさまれて苦慮しつつあるのが寺内統監である」

「日本軍部をやっつけろ」

「そうだ！　やっつけられるものなら、やっつけたい。悲しいかな、吾に火縄銃《ひなわじゅう》すらなく、一振《ふり》の太刀もない！」

「誰れだ？　そうさせたのは？」

「しかし、ここに武器あり、敵の咽喉元《のどもと》に鋭く迫るのは、合邦だ」

「…………」

「諸君！　吾人及び吾が一進会は、日韓合邦を唱えて久しい！　わが国を、琉球の如く呑もうとする日本に、合邦を迫るのだ。合邦が成立すれば、吾々は対等の位置で日本人と共に生活を享受出来るのだ。この合邦で損をするのは、李朝王室だけである。李朝王室、吾々に何の関係ありや？」

「然り！」「賛成」「李朝を倒せ」

「吾々百万会員は、多く常民以下の階級である。官位につけず、士農に軽蔑《けいべつ》され、圧迫され、奴隷的存在でしかなかった。西部地方、北部地方民は悉く賤民《せんみん》とされていることを直視せよ！　李朝の恩恵を蒙ったのは、忠清、慶尚《けいしょう》出身の両班《ヤンバン》（士族）だけである。李朝が滅びて泣くのは、それら僅少の特権階級だけではないか」

「両班《ヤンバン》共を葬れ」「特権階級を滅ぼせ」

と、会場は総立ちとなって、わい〳〵がや〳〵で、収拾もつかなくなった。集まった会員は、常民の中の遊食民か市場廻り商人か政治ゴロばかり。

宋はコップに水を注いでぐっぐっと飲み干す。そのコップがきらりと光ったので、会員は静かになっていく。その機を逃さないように、宋は一段と声を張り上げた。

「そこで諸君！　合邦が成立すれば、吾々は人権を確保して、生活が自由になることを信ぜよ！　日本の庶民《しょみん》は明治維新以来、解放されて、民権を得て、四民平等となった。吾々又合邦によって斯の如くならんとする。諸君！　合邦を主張し成就するのは今だ！　徒らに言論ばかり闘わしている時ではない。実行に移ろう」

「賛成」「示威だ」「よし、交渉しろ」

「さあ！　いこう！　合邦の旗じるしも高く、王宮に迫れ」

「わーッ」

群衆はなだれを打って、戸外にとび出し、デモ行進は殺気立って、王宮へと進む。

日韓併合《へいごう》

1

敦化門《とんか》外に、異様な群衆の叫びが聞える。

「わー」「わーッ」「皇帝をたたき出せ！」「李朝を倒せ」

隆凞皇帝陛下《りゅうきこうていへいか》は、龍床《りゅうしょう》を立って、窓際まで歩いていこうとされる。

「陛下！　恐れながら、暴民の声を即刻鎮めますによって、今しばらくお待ちを……」

近侍の者が恐懼《きょうく》する。

「あれは、国民全体の声か」

「いいえ！　左様なことは……」

と、李完用が側から、

「陛下をあざむくのは不忠だぞ」

と、近侍の者を叱る。

「卿は、あれが国民の声と申すのか」

「は。恐れながら、……」

「国民の声じゃな？」

「は。はい！」

「そうか！」

昌徳宮さまはがっかりなさって、お座所へおからだを沈められる。西南御巡幸の時に、国民の姿を見られただけの御体験では、どれが真の声なのか判断に苦しまれた。沈重な苦悩の色がお顔を焦《こが》すよう。

日本と保護条約を結ぶ時に、手斧《ておの》を頭の上にのせて、

「保護条約に御調印あそばすのでしたら、臣の頭を打ってからして下さい」

と、お庭先まで忍んできて、喚いた老人があった。

警護の者がかけよって来たら、えいッとばかりに、手斧で自分の頭をぶって、その老人はその場で死んだのだ。頭骸骨《ずがいこつ》がミシッとつぶれる音が、今も御耳に新らしい。

「閔丙奭《びんへいせき》を呼べ」

と、聖上は、宮内大臣に会えば、国民の声がわかるような気がした。

閔丙奭《びんへいせき》は、皇后さまの御伯父に當る尹徳栄《いんとくえい》とつれ立って参内した。が、この二人も前日既に寺内に呼びつけられて、因果を含められたのである。閣議で併合に反対した学部大臣の李容桂《りようけい》が、軟禁されている話を聞いた二人は、李完用のほうを用心深く見ながら、

「陛下！　ご時勢でございます」

と答えるほかなかった。

李完用が、この時とばかりに進み出て、

「今は一刻を争う時でございます。寺内総監は、調印がおくれれば出兵を考えているとのことにございます。御前会議で早くお決めあそばすようお願い申上げます」

「そうか」

聖上は、長い溜息をもらされる。そのまま火がついて燃え上りそうな熱い溜息であった。

「太皇帝陛下に諮《はか》った上にしよう」

「陛下！　恐れながら、太皇帝陛下にはもうこの問題を議せられる御権限があらせられないのでございます」

「大臣を呼べ」

聖上は、投げやりにおっしゃった。

「は。只今」

李完用は近侍の者に目くばせして、内閣の方へ連絡をとらせた。

王宮内外は警護の日兵が十重二十重にとりかこみ、御璽《ぎょじ》のある部屋には、日本人侍従の権藤が、金庫の前に椅子を置いて番をしている。

その中へ参集した閣僚はと見れば、農商工部の趙重應《ちょうじゅうおう》、内部の朴齋純《ぼくさいじゅん》、度支部《たくしぶ》の高水喜の三人に李完用である。学部大臣の李容桂は軟禁されて、いうまでもなく不参加だ。前日の閣議で申合せたことを、聖上に申上げるだけの簡単な御前会議である。

「伊藤公亡きあと、急転直下事態は悪化して参りました。お悩みのほど、お慰め申す術もございません。さりながら、死中にして活を求める手段はまだのこって居ります」

李完用は重苦しげに申上げる。

聖上は、大臣達の顔を見渡す。皆口をつぐんで、眼を伏せている。少しおむくみのあるお顔は日頃の病弱のせいばかりではなかった。

ちらと李完用の顔を見られたお心には、憎悪が激しく渦を巻く。

「その手段とは、何か」

憎悪を耐えて、ようやく、こうおっしゃった。

「併合条約に調印を請う御親書を下されたいのであります」

「合邦じゃなかったか？」

「は。合邦も併合も五十歩百歩かと存じます」

「違う！　大変に違う！」

聖上は、熱をこめて、おっしゃる。

「は。さりながら、合邦は両勢力伯仲の時の申分ではないかと存じます」

「伯仲でなくしたのは日本ではないか」

「伊藤公が生存して居れば、そういうことも申せましょうが……」

「伊藤が居なくても、日本国がある」

「当事者が変れば、自然……」

「日本の外交は信用が出来ん。併合条約は、ほごにならんとは限らない」

「今度ばかりは、しっかりと致したく存じます」

「…………」

聖上は、じっと李完用を見つめていられる。その時々に、言葉巧みに、数度の条約に調印を求めた李完用。太皇帝にして、うかつに乗せられた李完用である。

(汝は国を亡ぼすぞ)

そう仰せられたいのであるが、嗚呼！　も早や何をかいわんや！

「条約の内容を決めてみよ」

「草案はこの通り出来て居ります」

李完用は二枚の書状を差上げる。

聖上は静かにご覧になる。

「それがそのまま通りますよう、臣は粉骨して闘うつもりでございます」

「卿らはこれでよいか」

大臣達は、ただ「は」と首に垂れるだけだ。

「親書をつくれ」

とおっしゃって、聖上は、眼をとじて、考えに沈まれた。

李完用は、趙重應に命じて、親書を書かせた。文章をひねり、訂正し、清書するまでの三十分間、
聖上は瞑目《めいもく》していられる。瞼《まぶた》を開けられれば、血の滲んだ涙がこぼれそうだ。

「陛下！　御璽《ぎょじ》を」

やがて、李完用がいった。

御璽が運ばれた。おとり上げになって、書状に押される時、御手が、ぶるるとふるえた。

「李朝はもう終ったね」

と、仰せられて、そっと顔をそむけられる。

閔丙奭《びんへいせき》は、クッと咽喉《のど》がつまった。朴齋純が瞼をとじて涙をかくそうとする。誰れか嗚咽した。

李完用だけが、やれ〳〵といった顔で、親任状をしまいこむのであった。

2

昌徳宮さまは、その夜、太皇帝陛下の膝下に屈して、

「祖先の霊に対し奉り、面目もございません」

と、いい終りもしない中に泣き出された。

太皇帝は、昌徳宮さまの御手をとって、

「泣いたって何うにもならん。すべて天運に任すほかない」

と、仰せられたが、やはり涙をかくすことは出来ないのであった。

内殿から、女官達の泣き声が、恨めしく、哀しく、めん〳〵とつづいた。

「泣くがいい。思う存分泣くがいい」

太皇帝は、お傍に来ている侍女に、そう仰せられた。

女官達の怨恨《えんこん》のこもった涙は、宮外に伝染して、大漢門の前には、白衣の群れがつめかけて、慟哭《どうこく》をはじめた。その哭き声が尽きない中に、金奭鎮《きんせきちん》は爵位を拒絶して自刃し、錦山郡守の洪範植は憤死、山中にかくれて餓死を待ちながら、天を怨んだもの数えきれない位である。首に刃を突き立てた洪範《こうはん》植《しょく》は、自身の血潮が天井に噴き上るのを見ながら息が切れたという。

その頃、英親王は、お机に向って居られたが、侍従武官長の趙東潤《ちょうとうじゅん》が、新聞の号外を持って慌しく

入ってきて、

「殿下！　日韓併合でございます」

と申上げた。

「なに！」

英親王は、はっとしたお顔で、趙東潤の面長の顔をながめた。

「併合でございます。韓国は日本の一部となりました」

「属国になったのか」

「は。日本の領土となりました」

「…………」

英親王は、心の中で考えられた。（とう〳〵国を日本にとられた）

父陛下のお顔が見える。母君の悲しげな眼から涙がはら〳〵と散る。泣き叫ぶ女官達！　（李天喜は慟哭して居ることだろう）

と、英親王の心に、悲哀がこみ上った。涙を臣下に見せまいと努力なさるけれども、二つの眼から熱い涙がどっと流れる。下々の者のようにわーッと声に出さないだけ、胸の中に噛《か》み殺す涙が、鋭い刃のようにはらわたを抉《えぐ》る。耐えられない哀しみにただ沈淪《ちんりん》するばかりである。

「殿下！　お泣きあそばしますな」

趙東潤は、そういって、泣き出した。

「…………」

英親王は、東潤の涙に刺激《しげき》されて、一そう激しい哀しみを覚えられる。

「併合になりましても、皇室はご安泰でございます。日本の皇族として、永らくこの国に在すことになりました」

といわれると、よけいに哀しい。

「太皇帝陛下は李太王に、皇帝陛下は李王に、殿下は王世子に、それ〴〵御名称も決りました」

英親王は、激しい屈辱を感じられて、それを平気で言上する東潤《とうじゅん》を憎んだ。

「殿下にはこれまで通り、日本に御滞在、ご勉学なさることになって居ります」

英親王は、むッとせられた。

「いやじゃ！　わたしは国へ帰る。父陛下や母君にお会いしたい。ここへ来て、もう三年もたった。どうして一度も帰してくれないのか」

「は。恐れながら、只今この騒ぎに、とてもご帰国はかなわないかと存じます」

「それだと、わたしはほんとに人質になったわけか！」

「いいえ！　そのようなことは……」

「いや！　人質じゃ。体よく人質にされたのじゃ」

東潤の顔も見たくない。誰とも話したくない。心に押し寄せるこの激痛に、どうすれば耐え得るのだろう？　泣いても、喚いても、収まり切らないこの苦しみ！

「独りにしてくれ」

そうおっしゃって、東潤を外に出した。そして、お一人になられた時、どっとお机に身を投げて、泣きながら、もだえ苦しまれるのであった。

秘苑の歎き

1

英親王は、毎朝、父陛下に当て、御手紙を書かれる習慣になっていられる。お傍に居れば、お早うございます、おやすみなさいませを申上げに伺候するのが、父子の礼だ。遠くに離れているので、御手紙でそれに代えられた。

その手紙は「問安」の二字で始まり、その前日の出来事を書きつらねて、終りの方は、「小子垠」と書く。

この日は、この「問安」の次には、帰朝したいから、総督へおとり成しをお願いする文章がはさまれた。

この手紙がなくても、母君太妃さまは、英親王に会いたくなって耐えられないのである。

太妃さまは、ある夜、寺内総督を晩餐に招いて、

「太子を一度帰して下さらないか」

と、それとなく切り出される。

「いや、もう一寸お待ち下さい。王世子殿下には、学習院中等科にご入学なされたばかりで、折角ご勉強にお心を打込んで居られますからね」

と、一言で、にべもなく断った。

太妃さまは、むッとせられる。

「五年の間一度も帰省させないなんて、あんまりではございませんか」

「ですから、今しばらくと申上げたのです」

寺内は、つり上った眼に険《けん》を湛《たた》える。

「伊藤公は一年に一度必ず帰すと約束しました。約束を守らないのが、あなた方の常套手段《じょうとうしゅだん》ですか」

太妃さまは、こらえ切れない憤懣《ふんまん》で、お顔に血がのぼる。肥えていらっしゃるので、お腹立ちの時は、お顔が赤くなられることがあった。

「常套手段とは何事ですか」

と、寺内が、大きな声を出した。王宮に伺候する時には、格別気をつけて穏かにしているのに、

（廃帝の分際で何事だ！）

と、かッとなった。

「そういわれるのが辛かったら、太子を返して下さい。太子を人質にするのではない。学問修業のためだと、伊藤公は言ったのです。それが本当ならば、年に一度の帰省は許して下さってもおよろしいでしょう？　普通の学生は、夏休毎に帰って来るではありませんか」

「王世子殿下は、普通の学生と違うのですよ」

「王世子殿下は、普通の学生と違うのですよ」

「いいえ！　違いありません。わたしは、たった一人の子に五年も会わないで、泣かない日とてありません。あなた方は人情も涙もわかりませんのですか」

「………………」

むッとして、寺内は席を蹴るようにして立った。

「李太王殿下！　失礼します」

寺内は、一礼して、去《さ》りかけた。

「まあ〳〵、婦女子は古来、神経が細すぎるのです。総督、気にしないで下さい」

太皇帝は、取りなした。

「は。また伺います」

寺内は、真赤になった顔を、太妃さまに向け、はっと睨んで、出ていった。

太妃さまは、鬱積《うっせき》した怒りをそのままに、

「寺内が来てからは、宮中のことに、一々干渉して、困ります。女官を減らしたり、厨房《ちゅうぼう》の費用まで削りとるのです。今に、箸の上げ下ろしまで、文句をつけるでしょう。たとえ国は滅びましても、王宮は尊んで下さっていい筈じゃありませんか。いいえ、国亡んで何の王宮でございましょう。わたし達は、所詮幽閉の身でございます。この無念をどこへいって晴らしましょう。死んで怨みを返しても返し切れるものではありません」

と、昂奮して、大きなお声でいわれて、わッと泣き出された。

太皇帝は慰めることも出来ずに居られる。

そういう歎きの中に居られる太妃さまは、夏に入って、おからだが急に衰えられた。

人員整理で宮中を去らねばならなくなった李侍女が、ある夜お別れ上って、膝の前にひれ伏したまま、ただ泣いているばかり。白髪が皺の深い首に、まばらに散らかっている。十六から宮仕えを始めて五十年、一生を宮室に捧げた老侍女は、これから何処で何うやって暮すというのだろうか？　老いて子なきこの老媼《ろうおう》の身の哀れさが切なく胸に迫る。

「太妃さま！　どうかおからだにお気をつけられて、太子さまにご対面まで、ご健康にいらっしゃいませ」

と、いって去りゆく侍女を、太妃さまは、嗚咽して、見送りながら、

「寺内は、鬼だ」

と、恨みが新たになった。

こうしたことばかり重なる真夏のある日、太妃さまは、急にお腹を圧《おさ》えられ苦しまれた。侍医が急いで入内して、ご診察申上げる。

「痢症《りしょう》かと存じますが」

「痢症ならば、漢方がいいのですよ。日本医学は、われ〳〵の体質を知らない。消毒にばかり気をとられて、患者を干ぼしにするよ」

侍医にこうおっしゃった太妃さまは、洋式医術の治療を拒まれた。が、総督側がつけた日本人侍医は、太妃さまを咸寧殿の内室に閉じこめ、人の出入りを絶って、厳重に消毒した。腸チブスに対する感じ方が、根本から違うのである。とうがらし気の強い食餌療法《しょくじりょうほう》で治ると信じる韓人を、洋医達は一笑に付してしまう。

太妃さまは、何よりもおきらいな消毒液の臭気の中に幽閉されて、その夜、侍女達にも見守られない淋しいお最後を遂げられた。

「太子に会いたい！　太子は来たか」

何度もいわれたが、そのことばは、むなしく天井から返ってくるばかりである。

2

「エキや（太子《たいし》や）」

英親王は、母君のお声を聞いたような気がした。「問安」のお手紙を書きかけていられたのである。と、御用掛の古谷久綱が、電報をお盆にのせて入って来て、首を垂れて立つ。哀悼の色が、古谷の顔に色濃い。

「どうしたのだ?」

「は」

はっと不吉な予感がする。電報を取り上げられる声がふるえた。

「あ!」

と、英親王は、小さく叫ばれた。眼の前に黒い幕がさっと下りたように真暗だ。ぐら〱と凡てが崩れるような驚きと哀しみで、お胸の中が一ぱいになられる。

「オモ・マーマ(母君)!」

英親王は、机の上に飾った太妃さまのお写真を見つめる。ご血色のよい、にこやかにお笑いなされたお顔!

「オモ・マーマ!」

英親王は、身分も外聞もなく、そう叫ばれる。大粒の涙がわッとこぼれて、ふくよかな両頬をべっとりぬらす。恨みにぬれたその心で、三度、「オモ・マーマ!」と叫ばれる。そして、つづけて、ただ「オモ・マーマ」と呼ばれるだけ。亡くなった母君が、その呼び声で蘇返《よみがえ》りでもするかのように。

古谷御用掛は、「殿下々々」と、一二度、おそばに寄って、慰める。が、英親王の慟哭は、深刻であられる。日頃の、謹厳そのものの殿下! 喜怒哀楽をお顔に出されず、黙々と御勉強にはげまれた殿下とまるで人が違ったようだ。

どうお慰め申上げる間もなく、溜りに出て、高義敬伯をつれてきた。が高にもどうしてよいかわからない。

「どうして、どうして、一度も帰らなかったんでしょう」

英親王は、高義敬の声をきくと、そうおっしゃって、また、オモ・マーマと叫ばれる。

「殿下！　お悲しみの程は、臣らも重々お察し申します。けれども、一刻も早く、御帰宮あらせますよう、天皇陛下の御勅許がありました」

高義敬にこういわれて、はっとわれにかえられた英親王は、

「そうだ！　早く、早く、帰るのだ」

と、おっしゃる。

が、旅のお仕度ができるのを待つ間のまどろっこしさ！　列車にお乗りになってからの、苛立《いらだ》つ心をどうして鎮められよう。東海、山陽の二十時間、関釜《かんぷ》連絡の十時間が、どのように長かったことか。京釜沿線の懐しい故里の風光も、ただ哀愁の中に沈んでいるばかり。弔旗《ちょうき》はためく民家の門に佇《たたず》む童の姿すら涙をさそうのであった。

従者が傍にいなければ、思う存分慟哭なされたいお心をじっとしずめて、やがて南大門駅に下りられた英親王は、ただもう母君在す咸寧殿へ心が走る。出迎えの高官貴紳にお答えするのもまだるく、お車が大漢門に到着した時には逸る心のまま、咸寧殿さして、足を早めた。

と、咸寧殿に近く来られたら、内殿の中で待ち侘びていた二百の女官が、一斉に、

「アイゴ（哀号）アイゴ（哀号）！」

と、哭き出した。

太妃さまのお処に、太子さまのご到着を告げ、太子さまをお迎えする哭きの儀式である。けれども、その哭き声には、儀式を離れて、心を断ち切る哀しみがべっとりとぬりたくられ、落ちる涙は血に染っていそう。

英親王は、わっとこみ上る哀しみに、歩をうつすことも出来ず、

「オモ・マーマ」

と、叫ばれる。

ああ！　哭き声でぴり〳〵ふるえる内殿の空気が旋《つむ》じのように英親王を包む。女官の中に埋もれていたあの頃のご自分に帰った英親王は、うしろに従う者をすっかり忘れて、わッと内殿さして駆け出された。

と、誰かが、

「殿下々々」

と、追いすがり、

「恐れ入りますが、殿下には、ひと先ず石造殿へお廻り願いたいのでございます」

と、いう。

英親王は、はっと眼を上げて、古谷を見られる。

「内殿にもしチブス菌が、残って居りまして、殿下のおからだに差さわりがありました場合……」

真剣なその話しぶりに、英親王ははっと「王世子殿下」に還られる。

「そうか」

英親王は、一言静かにおっしゃって、古谷のあとから、石造殿の方へ歩をうつされた。

と、内殿の哭き声は、一段と高く、一層深刻に恨めしく響いてくる。

石造殿の二階の手すりに凭《もた》れて、眼の前の咸寧殿を望みながら、

「オモ・マーマ！　只今、帰りました」

と、おっしゃって、拝礼された。と、どこからとなく、

「おお！　エキや（太子《たいし》や）」

と、母君のお声が聞える。にこやかに笑われて、愛しい情を一ぱい湛えたお手を差延べられながら、
近づいて来られるお姿が、眼の前に浮んだ。

3

「おもうさま（父上）にご挨拶に上りたい」

英親王は、古谷に申された。

母君のおなきがらに近づくのがいけなくとも、生きておいでの父陛下に行くのは差支あるまいと思われた。

「は。今すぐに、こちらにお越しでございますから」

古谷は何げなく答える。

「なに？　おもうさまが、こちらへ？」

「は！　只今、そうお願い申上げているところでございます」

「古谷」

英親王はびくっとなされた。

「はい」

「おもうさまが、子に会いにお出になるなんて、父子の道に外れているよ」

「は。ではございますが、咸寧殿へは……」

「消毒してあるから、いいではないか」

「もし、万一のことがありますれば……」

「…………」

英親王は、ふっつりおことばを止められる。消毒がしてなくて、病菌がついていてもいい、咸寧殿の方にいきたいと考えられる。

「アバ・マーマ（お父さま）」

と、ご自分のことばで心の中でおよび申上げる。愁いが心に青色にとじこめた。

太皇帝は、太子が到着したと聞いて、今か〳〵と待っていられた。そしたら、

「恐れながら、石造殿までお越しを……」

と、近侍が迎えにきた。

太皇帝は、驚かれて、

「それはならん。父が子に会いにいくなど、聞いたことがない」

と、お腹立ちである。

「王世子殿下のおん身に、もし万一……」

といわれて、御子可愛さに、

「よろしい！　わしから行こう」

と、仰せられて、石造殿の方に歩かれる。会えない五年の間に、英親王がどのように成人していることか、と、お胸がわくわくされる。太妃に先立たれた歎き悲しみが、それに加わり、母君に会われず泣いているのであろう太子の心中を察して、一歩々々、涙で彩られ、歩行すら出来ない位だ。近侍の者に支えられて石造殿の石段に漸くに歩みよられ、英親王が居る部屋の扉の前に来たら、

「アバ・マーマ」

と、英親王がとんで出た。

咽喉につかえて涙となり、咽んでしまわれた太皇帝の眼に涙がにじんだ。腕をひろげて、しっかりと抱かれた吾子の肩や背に、

「お！　エキや」

「ああ！　立派じゃ！　丈夫におなりじゃのう」

と、いわれるお顔には、喜びと歎きと悲しみが入り混っている。

英親王は、いうことばが皆咽喉につかえて、ただ涙して、泣かれるばかり。

御座につかれて交すことばも今はもう悲嘆に濡れるばかりだ。

あまり長居をさせては困るとばかりに、

「もうお帰りあそばすお時間かと存じます」

と、近侍がいいにくる。

「そうか」

太皇帝は葬式の儀がすめばゆっくり会えるのに力を得て、座を立たれた。英親王は、父陛下を石段の下まで見送って、遠のくお姿に、はっと「あんなにもお年を召されたか」と、感慨深くなされた。

咸寧殿の中へ入られるのを見送っていると、十八九のなよ〳〵しいなりの、黄麻の喪服《もふく》に、喪の靴

をはいた女官が、こちらにかけてくる。白衣の消毒服を着た医官が慌しく、その後を追う。さっと身をかわすようにして、かけつきながら、

「太子《テジャ》マーマ」

と、かん高く、せっぱつまった声で叫んで、近づいてくる女官の瓜実の顔は。

「お！　李天喜！」と、英親王は、一歩そちらへいかれた。懐しい情が、心に一ぱいだ。

が、追いついた医官が、

「いけません！　黴菌《ばいきん》だらけなからだで、いけないことです。おもどりなさい」

と、叱りつけ、身をかわそうとする若い女官を引きずるようにして、遠ざける。

英親王は、じっとそのありさまを見ていられる。

「会って上げたい」

と、そこ、ここの樹蔭に佇《たたず》んだ五つ六つの人影！　みな喪服に身をつつんで居るが、見覚えのある顔ばかりだ。成人した自分を一目なりと、かいま見たく、近づいて来た女官の心情を汲んで、じっと見るその眼を見つめ返す。と、目礼して、わッとばかりに泣きくずれる女官の、顔を覆う手巾《ハンカチ》が、斜陽をうけて、白くちらちらする。そこに、声のない慟哭《どうこく》が聞えた。

「みんなの傍に行きたい」

と、うしろで、

「殿下！」

と声がかかる。

はっと立ちすくんで、自分のからだにからみついた絆《きずな》の在りかに気がついて、その絆の方へ振り向かれる。涙が心の中へ静かに流れ落ちた。

第二部　方子女王の巻

異国の宮様

1

守正王《もりまさおう》が宮中を退って来られたのは、まだ宵の口、御晩餐《ばんさん》を仰せつかったにしては、早いお退きである。

「聖上《おかみ》は、ことのほかお気先《きさき》麗しくあらっしゃって、しきりにブランデーを賜った」

陸軍少将のお服を平常服に着更えられながら、ことば静かに語られるお口元から、そういえば微醺《びくん》が漂《ただよ》う。

妃殿下の伊都子《いつこ》さまは、お着更《きがえ》を手伝って差し上げながら、何か心せく思いをお忍びなのか、御夫君を見上げる眼に苛立《いらだ》つ気配がちらりと通り過ぎた。

「山縣元帥も上って居った」

「それでは、聖上には直き〳〵何も仰せられなかったのでございましょう」

「いや、仰せられた」

「では、やはり、あのことがお決りになりましたのでしょうか」

伊都子さまのお顔が、さっと希望の焔で彩られる。

それを、さりげなく、押し止めるでもなく肯くのでもない、順々に理解させようと暖い思いやりで、「溜りの間で、寺内元帥にも会った。山縣元帥と話がすむとすぐに退ったが……」

と、座布団の上に寛いで、侍女の鏑木《かぶらぎ》が差上げるお茶をとり上げる。

侍女は守正王の前にお茶を差上げたあと、伊都子さまにもお茶をすすめて、静かにお礼をしてさがった。

それを待つ間のまどろっこしさは、この場合ほとんど耐えられないまでに、伊都子さまの心を苦しめた。

伊都子さまは、第一王女の方子《まさこ》女王が、皇太子妃の候補の一人に選ばれてからは、心踊るばかりに喜ばれて居られた。喜怒のいろを露《あら》わにしない日頃のおたしなみも、この時ばかりは少しは大目に控えたのであろう。久邇宮《くにのみや》の良子《ながこ》女王と方子女王と、このお二方の中から将来の皇后が選ばれる、ということは思っただけでも、宮家としての喜びは大きくて差支えないのである。

この噂さは、公式の発表がなくても、全国津々浦々にひろまり、皇室をお慕い奉る国民の、ことに青年子女に憧れの焔を与えている。

けれども、方子女王は、皇太子裕仁親王とはご同年であり、皇太子さまのご成年までにはまだ間がある。久邇宮家とそのことで競うような見苦しい真似はしなくても、ふとそのことが気になることがあるのは、そういうことで、やや良子女王にひけ目を感じたためかも知れなかった。

きょう、参内するようにとお電話を頂いて、そのあと、方子女王のご婚儀についてお話があられるらしいと洩した侍従のことば尻が、守正王のご参内からご退出までの数時間を、かなり動悸《どうき》めいた中に過したわけとなったのである。

「寺内元帥から何か……」

伊都子さまは、寺内と聞いただけで、ふと朝鮮を連想される。日韓併合を功績の一つに大げさに数え立てて、爵位が上り、朝鮮総督から内閣総理大臣に進出したことは、それだけ何か割引したい心情がするのは、どうしたことであろうか。朝鮮で武断政治をしいたそのままの武骨な振舞を、純粋の政党人は蔑《さげす》んでいる。政党人でなくても、それは何となく響くものだ。

守正王は思い切った息入れで、

「方子を、鳥居坂にやってくれと、いうのだ」

と、いって、紙巻に火をつけられる。

「え？　鳥居坂と申しますと？」

伊都子さまは、はっと息を止めた。

「朝鮮の宮だよ」

「まア！」

伊都子さまは、驚いて、胸が高鳴ってくるのである。

2

「それはまあ何としたことでございましょう」

ややあって、伊都子さまが、お口を切った。

守正王は黙っておいでになる。

皇太子妃候補から一転して、王世子妃とは！　李王世子というけれども、あちらの皇太子さまだ。お身分に不足があっていうのではない。けれども、

「今はたとえ一つの国でありましても、もし万一のことになりました場合……」

と、いわれて、たまりかねて、咽《むせ》び泣いた。

「そんなことはありませんよ」

守正王は、さきほど宮中で、そのことを聞いた時には、伊都子さまよりも数倍大きく驚かれたのである。が、今眼の前に、驚き、失望し、不安に沈んで居る妃殿下の姿を見ると、なぜとなく逆な方に心が向いていく。

「そのようなことがありませんでも、異国の風情の中へ、方子をやるのは、どうしても……」

と、いいかけて、伊都子さまは、また涙に咽んでしまう。

「寺内は、日本の将来のためだと申した。両方の皇室がしっかり結びつかなくてはならんともいった。鳥居坂の宮にあちらの王室からお輿入れがあってはならんと力こぶを入れとったよ。寺内の意を汲んで、山縣が聖上に申上げたのだよ。聖上は、山縣には強いて反対もされない。一ばんの苦手なのだから」

「それで、もうご承諾なさいましたか」

「今しばらくの猶予を乞うて、退ってきたのだがね」

「各宮家には、王女が大ぜいいらっしゃいます。もう一度聖上にお願いして、お取止めあそばすよう致しましょう」

伊都子さまは、ご自分のそのことばに、漸く心を鎮められた。

お居間に退って、お一人でいろ〳〵と考えるにつけて、不安はつのるばかり。物の本に読んだいろいろの国のいろいろの政略結婚がもたらした不幸を想うと、

「恐ろしいことです」

と、つぶやかないでは居られない。

憂いに閉された妃殿下のご様子は、御用掛や侍女たちにすぐと察しられた。御用掛の三浦がそっとお傍に寄って来た時、

「鳥居坂の宮さまはどんなお方かね」

と、話しかけられた。

「士官学校を卒業なされて、只今第二連隊付でいらっしゃるとか聞きました」

三浦はさりげなく答える。

「そう！　何もかも日本風にしておいででしょうね」

「は！　それはもうちっとも違いませんそうでございます。六月に、あちらの国王さまが参内にお出でなされた時、中隊を指揮して、突喊《とっかん》をなされましたお姿は、ほんとに凛々しかったそうでございました」

「日本に初めてお出での時に、新橋駅に出迎えて、あの時のお姿は覚えて居ります。お歩きぶりや何か、お可愛いらしい中にも、どことなく異国風のところがありましたが、それでは近頃はすっかり日本にお慣れになっていらっしゃるのですね」

「十三年も日本においでですもの。日常のお生活もまことに簡素で、軍隊そのままのお生活をなさってお出でとのこと……」

「そう？」

と、伊都子さまは、膝乗り出す意気で、

「あちらさまと、ご婚儀の話が出ているのです」

と、いってしまわれた。

「は？　ごこんぎと申しますと、あのう……」

「方子とです」

「ま！」

三浦は、ぱっと顔が赧《あから》んだ。それは驚きとも、歓びともとれる。

「わたしくは反対です。もしものことがありましたときを考えると、心がふさぎます」

と、はげしくいわれることばを、三浦は、つつましく首を下げて聞いている。

「聖上から、そう仰せられたのです。けれども、山縣元帥や寺内元帥の政略に違いありません」

「まア！　聖上から！」

「山縣元帥がいつもの手で、聖上におねだりしたのでしょう」

といって、伊都子さまは、唇をかみしめた。

三浦は、しばらく黙っていたが、思いきった風にいう。

「それならば強いてお逆らい申しては……」

「あちらさまのご人格がどうのと申すのではありません。国が分れた時のことが心配でなりません」

「は、それも、ございますが、方子女王さまのお気持が大事かと存じ上げます」

「それはやはり反対でしょう」

伊都子さまは、そういって、何か考えこまれた。

3

あくる日一日、伊都子さまは、そのことで、おつむが痛くなるまで考え迷っていられた。守正王は宮内省へ出向いて、ご婚儀のことを辞退したい旨をお伝えすることにはなった。

けれども、恐らくは、その願いは聞き届けられないであろう、と、お二方とも半ばあきらめておいでになる。

夕刻、方子女王が学習院からお帰りになった。

「おたあさま！　只今帰りました」

来る春、女子部を御卒業の嫋々《なよなよ》しいお姿。お制服の上に重ねた外套のまま、

「おたあさま！　お願いがあるの」

と、いわれて、ぽっと頬をあからめた。

「何ですか？　あらたまって……」

「ちょっと申しにくいのですけど！」

「いってくれないとわからないじゃありませんか」

「お友達と築地へ行くお約束をしました」

「築地へ？」

「小劇場に、劇を見にいきたいのです」

「ま！　新劇を？」

「滅多にそういうところへ行く機会もありませんし、時勢に後れるばかりですわ」

方子女王は、つとめて平民的でありたいと願っていられる。宮様育ちの身の不自由を、この頃はとくにしみぐ〵と感じられて、新劇や映画や、音楽会などに自由に出入り出来る華族の御学友の身上が美しくさえあられた。ことばづかいも自然宮様調子を離れて、世間のことばになりやすい。

それを今になって、はっきり気がついて、あれあれと驚くような気持になるご自分の心に、伊都子さまは悲しくなって、

「こんな邪気のないひとが、よその国の宮様のところへ……」

と思うと、もうたまらなくなって、ぐっと胸にせまり、泣き出されてしまった。

「ま！　おたあさま！　どうなさいましたの？　何かお気にさわることを、わたくし申しましたかしら？」

と、お傍によって、母君の腕をそっとおさえる。その一抹《まつ》の憂いを帯びた顔が、なおさら可愛く見えて、

「あなたの婚儀のお話が決りそうです」

と、いってしまわれる。

「ま！　わたくし、まだ、そんな……」

ぽっと朱に染る、ふくよかな両頬を、じっと見ながら、

「そうでしょうとも。わたしくも反対なのです。しかも、異国の宮さまに……」

「異国の宮様って？」

「お相手もありましょうに、わざ〳〵遠くへ……」

といって、ほとんど胸もつぶれるばかりのお顔をなさる母君を、そっと見つめて、

「異国って、どこのお国のこと」

と、やや興趣《きょうしゅ》めいた心で、きかれる。

「鳥居坂の宮だそうです。鳥居坂の朝鮮の宮様を、あなたは知っているでしょう？」

「まあ！　たあさま！　わたくし、びっくりしましたの。異国って申されるから、ヨーロッパか、バルカンか、どこかそういう遠いところかと思いましたわ」

といって、方子女王は、気軽そうに笑われる。

「ですけれど、朝鮮だって、異国でしょう？」

「異国じゃございませんわ」

「それは今は日本の領土でしょうけれど、風俗習慣の違うあちらの皇室に嫁いだあなたの心に身に覆いかぶさる不便や不安を想いますと、わたしはたまらなくなります」

「……………」

「日本の統治に不平を持つひとも、大ぜい居りますことでしょうし、ほんとに、こんな心配な話はありません」

「そんな難しいことはわかりませんわ。結婚だなんて、考えたこともありませんもの」

「ほんとに、そうですよ。おもうさまが、宮内省へお出掛けなさってまだお帰りにならないのですけれど……」

「そんなことより、ね、築地へいってよろしいでしょう」

「難しいお話が出ている最中のことですから、またのことにしたら」

方子女王は、女学生っ気のまま、ご学友とお約束したことばかり気をとられていたことを、すまなく思いながら自分の居間に帰った。服を脱ぎ、普段着に着更えて、机に向った時、はっとして、今さっきのおたあさまのお話に身を入れて考える。ふと誰かが囁《ささや》いたことばが想い出される。

「新宿御苑《しんじゅくぎょえん》の菊を見にお出になったのを、遠くでお見かけしたの。そしたら、あの方、一人ぼっちで、何かお淋しそうでしたわ」

「昭憲皇太后さまがご存命中は、しょっ中遊びにお出でになったんですってね。皇太后さまも大変お可愛がりあそばされたそうよ」

そういうことを噂話しているのを近くで聞いたこともあった。何気なく聞き過したことが、今は身に迫った。ただ事でなく、大写しになってひびいてくる。

「あちらの王室はどんなところであろう？」

想像すると、何だかこわくなる。わからないことばも使わなければならないのだろうか。

ふと、この六月、遥々《はるばる》お出でになられたあちらの国王さまのお姿が想い出される。朝鮮の国王が日本の天皇陛下に拝謁に来られたというので、一とき大きな噂さとなったが、あの時は、梨本宮家にも、わざ〳〵ご挨拶に見えられた。ほかの宮家にはお名刺だけ配られたのに、梨本宮家には、お車から下りられて、お玄関まで御足を運ばれたそうな。新聞や雑誌で見たお姿は、皇帝服に日本の菊花大綬章《だいじゅしょう》を帯びられて、日本の宮様と少しも違わないお風であった。

けれど、先月第十七回目のお誕生《たんじょう》を迎えた方子女王にとって、結婚ということすら、心を悩ませるに充分だ。その上いきなり、他所《よそ》のお国の宮様と結びついたお話である。考えれば心は次第に重く、深い霧の奥へさ迷い込むばかりだ。

ふと、ことばの通じない女官達にかこまれたご自分の姿を心に描いて、

「あ！」

と、軽いおののきを心に感じられるのである。

姫二人

1

「梨本宮家とのご婚儀、ほぼまとまったようでございます」

近衛連隊から帰ったばかりの垠殿下《ぎんでんか》のあとからついて来た栗原が、お喜びを一刻も早くお伝え申上げたいという忠義心でそういう。

陸軍少尉のお服がふっくらと盛り上るばかりに、よく肥えたおからだを椅子《いす》に任せて、きちんと両足をおそろえになったおからだはそのまま、でも、どことなく愁《うれ》わしい気配の漂《ただよ》うお顔をそっと伏目《ふしめ》に、王世子さまは黙ってきいていられる。

「寺内、山縣両元帥が、大ぶお骨折なさって、畏くも、聖上陛下より直き〳〵、梨本宮守正王殿下にご裁可《さいか》があられましたようなお話を、きょう、宮内省に参りまして、うけたまわったのでございます」

その同じ時に、御婚儀ご辞退申したいと願い出た守正王を、重臣の内でそう決めてしまったのだかからと、よう〳〵、ご承知願ったいきさつも聞いたのだが、それは伏せておいて、

「明春三月、方子女王殿下、女子部御卒業と同時に、挙式の儀もありますようなお話でございます。

いやもうこんなおめでたいことはございません。殿下！　おめでとう存じます」

と最敬礼したげに、深く首を垂れる栗原をそっと見やりながら、

（大ぶお骨折り、とは？）

と、王世子さまは、心がくもった。けれど、

「そう！」

と、軽く答えて、栗原が出ていくのを見送って、梨本宮家に渦を巻いているであろう事情を、それとなく心に描き、不愉快な不安が心におもりのように垂れ下った。

ふと、兄陛下が（表て向きには、もう陛下とはよべないのだが、心の中は自由であるし、誰れも居ないところでは、やはり陛下と申上げる）東京にお出でになった時のことが思い出される。名古屋まで出迎えて、御兄弟は久方ぶりの友愛を交えて、愉しい一夜を過された、名古屋のご宿舎で、兄陛下が、

「わしは絶対に東京に来たくなかった。日本の今上陛下《きんじょうへいか》が東宮においでの時、ご来韓あって、わしに謁見《えっけん》したことを憶えているだろう？　それが今はあべこべに、日本の天皇に拝謁に来る身分になってしまったのだよ。朝鮮の国民がどんなに歎《なげ》くかよくわかる。日韓併合の条約にはそんなことは書いていない。これは寺内の寺内らしい策略だ。わしを日本の天皇に拝謁させて、得意がろうという以外に何ものもない。わしは病弱だ。再三断ったのだよ。ところが、李完用や尹徳栄候に命じて、愚劣な策略を弄しとった。そのいきさつについては、またお話しする時もあろう。父皇帝を苦しめているのが

見て居られなくて、わしはとう〳〵出て来たのだよ。日韓親善というけれど、恐らくこの挙は、逆な効果が出ると思う。わしが日本天皇の足下《そっか》に臣下の礼をとる。五百年の王祖の霊に顔向け出来ない恥辱だ」

といわれた。そして、東京で、拝謁式の前日の兄陛下の憂悶《ゆうもん》は、今もあり〳〵と眼に浮ぶ。両方の皇室の対等の謁見なら、兄陛下も喜んで東上し、両方の国民には好い感じを残したであろうに。

あの日以来、日本に於けるご自分の位置をはっきり悟《さと》った王世子さまである。

御居間には、卓子《テーブル》が一つ、椅子《いす》三脚、書棚と帽子掛、ほかに、丸卓子《まるテーブル》が置いてあるきりの簡素なもの、質実剛健の風を養うためにしても、あまりにも殺風景だ。朝鮮の王室風の柔軟《じゅうなん》なうるおいがあってはなぜいけないのだろうか?

(しかし軍隊精神を身につけることがこの国の要路《ようろ》の人の信用をうる条件である)

と思い当った王世子さまは、そういう殺伐《さつばつ》な環境に慣れようと努めた。

お箸の持ち方、お茶碗のとり方、お茶をのむ作法なども、すべて日本風に出来るようになったが、それまでの時折の失敗に気がついた時の羞恥《しゅうち》と不安は、お脳《のう》にぴりりと痙攣《けいれん》を起す位にはげしかったのである。

更に困難なのは、喜怒哀楽を表てに出さない修行だった。明治陛下の御崩御の時、王世子さまは、朝鮮風に慟哭《どうこく》したい気持であった。波濤万里を越えて来たこの異郷では、明治陛下はほんとに漢城《かんじょう》の父皇帝の身代りによくして下さったので、心から悲しかったのである。が、ふと、ただ謹厳なお顔で御遺骸《ごいがい》を拝んで涙を見せない嘉仁親王を見た時、はっとご自分の涙をかくし、そして、母君のお葬式の時に、慟哭《どうこく》したあの日の姿が、何かいけないことをしたように振り返られたりした。

そういうさまぐ〜な風習の違いの中に溶けこむ心の苦しさは、一方ならぬ修行であった。

「日本の皇族の王女と結婚をすることがいいことかどうか」

王世子さまは、そう考えて、ふと、あの日の想い出にふけった。

2

昌徳宮《しょうとくぐう》にお出での時の幼い想い出。

太子妃を選ぶ儀式があって、初見合《はつみあい》をした閔姫《びんき》の姿である。王世子さまは九ツ。閔姫十一。小さいお椅子にかけられた王世子さまの前にご両親に手をひかれて、なよ〳〵と進み出て拝礼。にっこと笑って去っていったのが第一回の見合。

日本に来る少し前、王世子さまは、秘苑《ひえん》で紙鳶《かみだこ》をあげていられた。風が向きを変えて、落ちた紙鳶のとなりに、静かに立っていた閔姫がつと走り寄って拾って下さる。

母君のお葬式があって数日間、是非お目通り願いたいと、石造殿《せきぞうでん》まで来た閔姫を、属官が、内殿から来た女官と間違えて、追い払ったことがある。遠くで、王世子さまのお出入を、半日もじっと立ちつくして待っていられて、やっと外に出られた王世子さまと顔が合ったが、成長して、すぐには誰れかといぶかしがって見定めもつかず、あとで、ああそうだったかと思ったのが、見収めとなった。

(ああ！　帰りたい)

得《え》もいわれない暖かみのある宮殿。やさしく、いたわりぶかい女官のある王宮へ。ふと寒々しく飾り気のない居間が眼の前に迫る。どこからとなく、

「突《つ》ッコメーッ！」

という叫びが聞えて来そう。

東京にお出であそばされた兄陛下の前で、小隊を指揮して、突喊《とつかん》をやり、列《なら》び居る将官の絶賛を受けたけれども、どうしてあんなことをやらされたのだろうと羞恥《しゅうち》を覚えるのは、ふるさとの王宮の想い出にふける時だ。

「殿下！」

ふと、そこに、事務官の高義《こうぎ》敬伯が来ている。

「お気先が悪いのではございますか」

高《こう》が、心配してきいた。

「いいえ！　どうもありません」

王世子さまは、夢から醒めて、現実に返る。

「実は、そのう、ご成婚《せいこん》のことにつきましてですが」

高は注意深く切り出した。

「栗原事務官から聞きました」

「そうですか！　それではお話申してよいのですが、例に依って、軍人さん達が勝手に話を進めて居るのですが、殿下のお考えは如何でいらっしゃいますか」

王世子さまは、眼を伏せられた。考えたが、やはりそうなるほかないであろう。

「一応、父陛下《アパ・マーマ》のお許しが欲しいのです。強いご反対ならば……」

そうであっても、誰にも軍人達の意見に逆えるものはないであろう。

「梨本宮家の女王さまを、ご存じでいらっしゃいますか」

「いや！　まだ知らない」

王世子さまは、ぽっと、頬をあからめる。

「お写真で拝しますと、まことに婦徳豊《ふとくゆた》かなご婦人でいらっしゃいました」

王世子は、黙って、ただもう一寸頬をあからめるばかり。

「失礼な申しようかも知りませんが、わしは如何にも利発《りはつ》そうな純粋《じゅんすい》の日本型の婦人は好感が持てません。しかし、方子女王殿下は、ご円満なお顔立で、くにの王室型《おうしつがた》と申しますか、きっと淑徳《しゅくとく》高いお方かと存じます」

王世子さまは、朝鮮側の意見として、これは重要だと思い、

「父陛下《アパ・マーマ》にそう申し上げるといい」

といわれる。

「はい。臣下がこういう意見を申上げるのは、まことに礼を失うことになりましょうけれども……」

「いや、かまわぬ。そう申上げてください」

「はい。そこで、一つ、問題がのこりますが、あのう……」

「閔姫のことか」

「はい。太子妃として決めてあったと記憶致しますが……」

「日本留学が決って、あれからすぐに、こちらに来てしまったものだし……」

「は。そうでございますとも。ただ、そのう、わがくにの風習として、太子妃の候補に上っただけでも、一生を独身で過さねばなりませんのですが、それが困ったことでございます」

王世子さまは、心が大きく揺れる。何か悲しみが、心の底から湧き上がるようだ。一生を閨中《けいちゅう》で孤独に老いゆく乙女の姿が、はっと胸に迫る。

「梨本宮家との婚約はもう決ったか」

「は。内定が出来ましたから、正式のご婚約も間近かと存じます」

「それでは急いで、京城に行って来てくれないか」

「はい。すぐに行って参ります」

出ていく高のあとを見つめる王世子さまの心に、父陛下の姿がうっすらとうつった。お年を召されて、孤独に過させ給うであろう淋しげなお顔！

（おお！　父陛下《アパ・マーマ》）

心に合掌《がっしょう》して、父陛下の御身のご安泰を祈るのであった。

悲愁《ひしゅう》の内殿

1

太皇帝《たいこうてい》は、高義敬伯《こうぎけいはく》から委細《いさい》を聞かれて、

「そうか！」

と、格天井《ごうてんじょう》を見上げられた。鳳凰《ほうおう》の絵が、雌雄で対《つい》になって飛んでいる。

高は、その皺《しわ》の深いお顔をじっと見つめていた。

（憂悶《ゆうもん》の情が濃くしていらっしゃる）

嘆きが、高の眼頭《めがしら》を熱くした。昌徳宮皇帝を東京にお誘い申すために、尹徳栄《いんとくえい》が打った奸策《かんさく》のために、このお年を召された太皇帝は一そう老けられたという。

「先方の宮様も、終いには快くご承諾なされたそうでございます。陛下のお許しが下りませば、きょうにも電報しまして、公式発表になろうかと存じます」

お許しがあろうとなかろうと、結果は同じことだが、そう申上げる。

「そこまで進んでいるものを、今さら何ともいえないじゃないか。して、エキ（太子《たいし》）は何ういっているか？」

「は。何事も、父陛下《アパ・マーマ》のご意志次第だと……」

「うむ！　特別孝心の強い子だからの」

といって、涙ぐまれる。

「は。伺候のお手紙を出す度に、北向して拝礼致すのでございます」

「父子相別れて暮すのが、この頃、ことに辛い」

「ご心中お察し申上げます」

高は何故となく悲しくなった。日韓併合に強いて反対しなかっただけで、爵位をもらい、ずる〳〵と日本に忠義を尽しているのが心もとないのである。眼のあたりに幽閉《ゆうへい》されたも同様の太皇帝のお身の上がいたましく映るのは当然だ。

「嘆いても仕方ないことだ。エキ（太子）が気にいったら、成婚せよ、というがよい。わしは、あちらさまのお姫さまと、琴瑟相和《きんしつあいわ》するよう祈る」

「は。恐れながら、その儀はご安心かと存じます」

とはいっても、そのことは、成婚してみないとわからないことであろう。

拝礼して退ってくると、うしろに急いで追った女官が呼び止めた。千一清《せんいっしん》という尚宮《つぼね》である。

「次の間で、お話はうけたまわりましたが、高伯爵さまには、自信あって、ああ申上げたのですか」

細《こまか》い皺《しわ》が絹《きぬ》のようにきれいにきざまれた顔で、きりっと見つめる女官の眼をさけて、

「何のことですか」

「琴瑟相和《きんしつあいわ》するとかおっしゃったおことばです」

「さあ、それはわかりませんよ。そんなことは、他人にわかることではないでしょう」

「それなら、どうしてそんなことを申上げたんです？」

「それは、ご安心願うために……」

「日本の女王が、風習の違うわが太子《テジャ》マーマを敬愛《けいあい》するわけがございません」

「異国の公主で夫君に忠義を尽して殉死《じゅんし》した例もありますよ」

「あなたは大ぶ日本人に心を売っていられる。わたしはそう思いません。いつか、わが国は独立します。その時、その日本のお姫さまを、どうなさりますか？　またそのお腹《なか》から公子《こうし》でも生れたらことです。異国の血の、ことに仇敵《きゅうてき》日本人の血を享《う》けた公子を、わが国の王室のあととりにする、いいえ、いけません。絶対になりません」

「あなたがいくらそう思っても、そうなるようにしかなりませんよ」

「いいえ！　そんなことはありません。奸臣共《かんしんども》が何もかもそういう風に仕向けるのです」

「それでは、わしも奸臣《かんしん》でしょうね」

「わが国が独立すればわかります」

「いつ独立するのですか」

「太皇帝陛下《たいこうてい》のご心中にございます。この世界大戦のあとには、きっと世界の地図は変ると申されます」

「それは戦争当事者の間のことでしょう。尚宮《サングン》はなか〳〵物識《ものし》りですな。世界の情勢《じょうせい》に通じていられる。日本は大戦の戦勝国で益々栄えるばかりですよ」

「孰《いず》れにしましても、わたくしは喜びません」

「ま、そういわないで、ご成婚《せいこん》の時に、東京に来て、女王殿下を拝むと、気が変るでしょう」

「いきますとも！　わが太子《テジャ》マーマのご成婚を、あなた方男の手に任してはおけません。またあちらの女官や侍女に冷たくあしらわれてはわたし達二百人の宮女が泣きます」

「そうですか。そうかいらして下さいよ」

と、別れて、お庭に出た時、高は、あっはは、と、腹からこみ上がる笑い声を立てた。

が、ふと老女官の眼の底に、ぎら〳〵した何ものかを思い出してはっと驚くのであった。

2

高はそのあしで、昌徳宮に拝謁した。隆熈皇帝《りゅうきこうてい》は、日本に来られてから、すっかり健康を害して、お気色《きしょく》がすぐれなかったが、王世子さまのご婚儀のことについては、

「そうなるのが自然のような気がする」

と、おことば少なに仰せられた。父陛下がお許しあそばされたことに、お口をはさまれないおつもりらしいので、高はただ、

「ご成婚の儀式は、一応あちらで挙げるようになると思いますが……」

と、事務的なことを申上げる。

「向うで日本式にすませたら、またこちらへ来て、わが王祖《おうそ》の霊前《れいぜん》で、もう一度成婚式をあげたがいいと思う」

高は、はっとして、

「は。それはよいお考えでございます。わが国の風に成婚式をあげることは、きっとわが国民を歓ばせましょうから」

そういって、その式次第や、派遣人員などをご相談申上げた。

別れ際《ぎわ》に、

「太子には、式がすみましたら、成るべく早く帰るように申し伝えよ！　太皇帝さまが、どんなにお待ちかねか、お顔を拝するだに、泣けるのです」

と、仰せられて、はっと涙ぐまれる。

「は。なるべく早い中に帰宮なさいますようにお取計《とりはから》い致します所存《しょぞん》にございます」

高は、しばらく日本に滞在していたために、こちらの宮室《きゅうしつ》のこまやかな愛情から遠ざかり、その憂

いを忘れたことが悔《く》いられた。その生々しい感情は、東京で、日々に日本風に変り行く王世子さまのお姿とは、はっきりと違うものを感じさせる。

高はそういう感懐《かんかい》を抱いて、御前を退き、庭先に出た。と、また宮女に呼び止められた。

もう七十を過ぎた金尚宮《きんサングン》である。

「お忙しいところをお呼び止めして申訳《もうしわけ》ありません。一寸の間、東行閣《とうこうかく》のお廊下までお立寄り願えませんか。ひと頃は賑《にぎや》かな東行閣も、外国使臣が見えるでもなく、偶《たま》に日本の勅使を迎えるだけで、どなたもお出でになりませんから、しばらくの間の立話《たちばなし》位差支ないことでしょう」

高は、宮女に従って、東行閣の大廊下に通った。窓際にたたずみ、一歩さがった位置で、宮女はぼそ〳〵と語り出した。

「寺内のあとをついだ長谷川総督が、宮室の財政にまで口ばしを出して、干渉がはげしいのです。三百人も居た女官が今は半分に減らされました。徳壽宮《とくじゅぐう》さまにも、今は僅かな女官しかのこらず、ただでさえお淋しい太皇帝さまは、さながら廃墟《はいきょ》においでのような、うらぶれたお姿！　拝するだに忍びません。こちら昌徳宮さまには、皇后さまもいらっしゃり、私共もまだ何と申しても、百人から居りますから、この広い宮廷も何とか恰好《かっこう》がつきます。高伯爵さま！　私共全部の給料を合わせても、総督一人の年棒にも及びません。宮廷から追い出される私共は、一銭の貯金もなく、身寄りになる実家もまた貧窮《ひんきゅう》のどん底に居ります。わたしも今月一ぱいで宮闕《きゅうけつ》から去らねばなりません。六十年の間宮仕えしたわたしには、一人の身寄りもございません。先年の大火で大造殿《だいぞうでん》が焼けます時、衣類も全部焼いてしまいました。宮女の末路《まつろ》ほど哀れなものはありませんのです。どうか一言お口添《くちぞ》え願って、私共をこのまま余生《よせい》を終らせて下さるようにお願いしたいのです」

「何とか致しましょう」

と答えるけれども、何ら自信のない高は、総督府に立てこもった権勢《けんせい》の、いざというと武力だという「断《だん》」が、恐しいものにひびく。しかもその断が、詳《くわ》しく調べ、正しく判断しての断でなく、大かた私感情の、その場の気分に動かされやすい断なのだから、統治《とうじ》される人民こそ哀れの極みである。

「あ！　わたくしごとばかり申上げて、失礼しました。年をとりましたので、大義《たいぎ》も忘れ勝ちなのでございましょう。時に、太子《テジャ》マーマのご成婚の噂さは、ほんとうでございましょうか」

金宮女は、顔色をあらためてきく。

「そうです。すぐに正式に発表がありましょうと思います」

高は力もなく答えた。

「そうでございますか。残念でござります。太子マーマのご成婚にもつらなれませんで、宮闕《きゅうけつ》を去らねばなりませんとは！　あ、あ、あ、あ……」

と、手巾《ハンカチ》で、顔を覆い、その場にくずれて泣きじゃくる老宮女の、鶴のように痩《や》せた肩が、がたがたふるえるのを、高ははっと顔をそむけて、窓の外、そこから秘苑に連なるお庭先の、冬ごもりする寂しげな姿に、眼《め》をやる。けれども、この宏壮《こうそう》な仁政殿から奥の、広闊《こうかつ》な宮中がすべて、悲愁《ひしゅう》の靄《もや》に閉ざされているのが、ありあり眼に見えて、ふと、海の彼方の、方子女王のふくいくとしたお姿や、そちらに彩《いろど》られた明るい気配《けはい》が、こちらと如何にそぐわないか、それをこの暗鬱《あんうつ》な宮殿に当てはめて、はっと何か哀《あわ》れな、気の毒な心持がするのを、どうすることも出来ず、

（あ！　ここには怨恨《えんこん》がこもっている。ここへ、こんなこととも知らない方子女王さまがお出でになれば？）

と、考えて、ブルルと胸の中が、戦慄《せんりつ》するのであった。

覇道《はどう》に怒る者

1

宮女のために何らか手を打ちたいと考えた高は、もと宮内府、今は李王職《りおうしょく》とよばれる事務局を訪れた。長官の閔侯爵《びんこうしゃく》はただのロボット、実際の仕事は、日本人の事務官がやっている。新聞記者上りの元侍従の権藤が、武断政治に対して少からず不満を抱き、宮女整理に反対だという噂さを頼って、高は権藤と応接間に相対した。

「高さん！　武断政治はもう駄目です。寺内ビリケンのサーベルは光っていましたが、長谷川のサーベルは錆《さ》びついてしまって、何の用も成しません。あのひとはね、長州閥根性で寺内が自分の後釜に据《す》えたんですが、吝《けち》ん坊《ぼう》で、話になりません。総督機密費まで懐にしまいこんで、金貸《かねかし》が帳簿《ちょうぼ》を見て楽しむように、預金高のかさむのを、老後のたのしみにしていますから、民心の動向《どうこう》など気にもしませんや。寺内の意志をついで、王殿下の東上だけは何うにか実現出来ましたがそれすら民心の離反《りはん》に役に立った位でしょう」

権藤は、鬱憤の吐け口を見つけたように、つけ〳〵いう。聞いている高の方が、気兼《きが》ねして、

「でも、統治はどうにか平穏《へいおん》にいっているようじゃありませんか」

と、いって見る。

「それは表面だけですよ。成る程ゲリラ蠢動《しゅんどう》は収《おさま》りました。しかし、みんな、なりをしずめているんです。憲兵隊長も、底気味が悪いといっています。嵐の前の静けさ！　あれです。憲兵も官僚も、長谷川に不満です。金ばかりためて、何もしない。半島の統治は、ここらで一大転換をしなくてはならないのに、ほんとに何もしない。先代の惰性《だせい》で動いている。御大《おんたい》が吝坊《けちんぼう》だから、下っ端も出張旅費ばかりねらって、民と交渉もしない。あんた、これでいいのですか？　え？」

と、高につめよらんばかり、

「宮女達に泣きつかれて困っていますが……」

と、高はここぞとばかりに話をはさんだ。

「それなんですよ。緊縮《きんしゅく》〱で、財政を削《けず》ってばかりいる。財源はいくらでもあるのに、やたら緊縮財政で、民心は萎縮《いしゅく》するばかりです。予算面だけいくら黒字でも、統治が赤字では何もならないでしょう。伯爵！　宮女のあの怨み事をどう思いますか！　あの怨みがつもったらどうなると思います。国境を越えて、満州に流浪し出した百姓《ひゃくしょう》のあり方を、官僚共は見ようとしない。沿海州やシベリヤへ落ちたそれらの人達の怨讐《えんしゅう》はきっと返って来ます。なに日本はサーベルさえあれば大丈夫だと、たかをくっていますけど、冗談《じょうだん》じゃない。今に一大騒動が起るでしょう。その時に、あ、いけねえっていったって、もうおいつきませんや。わしは、宮女のみなさんと、板ばさみになって実際悩んでいます。月に二十円の月給が何だというんですか。いや、駄目ですな、軍人は！」

「年とった宮女の哀れさに泣かされましたが、何とかして上げて下さい」

「いや、駄目です。わしも苦しくて、止めてしまおうかと思っている位です」

権藤は、役人というより新聞記者の臭《にお》いの強い人だ。暴露《ばくろ》記事でも書かないばかりの勢いである。

高は、総督府へ出向いても無駄だと半ばあきらめた。情実で、一人二人の宮女の首はつなげても、整理される絶対数は同じであろう。

「それはそうと、王世子さまの御成婚式には、こちらから何れだけの人数で行ってよいか、あなたの意見を出して下さい」

「それは権藤さんに任せますが、閔長官《びんちょうかん》に花を持たせて、人選をして下さい。そして、こちらの宮女を幾人か、前以って送り届けて欲しいのです。ああいう大きな式になりますと、やはり女手がいります」

「承知しました。なるべく大ぜい送りましょう」

給仕が電話をいいに来た。事務室にいってもどった権藤がいった。

「宋秉畯伯《そうへいしゅんはく》ですが、会いますか」

「会いましょう、宋伯《そうはく》はこの頃どうですか」

「不満ばかりで、会うと、うるさいですよ」

と、権藤は、いって、笑った。

2

宋は入ってくるなり、

「内田良平に会いませんか」

と、怒鳴る。

「会いませんよ。東京に帰ったんですか」

高が答えるのも待たないで、

「あの野郎となれ合って、日韓合邦運動をしたことが、しみぐ〵悔いられます。合邦も併合も、このありさまを見て下さい。一視同仁《しどうじん》のご聖旨は、何処へ吹っとんだのか。わけがわかりませんや。植民地も植民地、もっとも下等な植民地です。宋秉畯国賊《そうへいしゅんこくぞく》、奸臣、逆賊、売国奴《ばいこくど》！　ああ！　わしは良心に咎《とが》めて、夜も眠れない。爵位も何もいらないから、もとの朝鮮にしてくれ、といいたいんだ。普通の者が、こんなことをいえば、忽ち絞首台《こうしゅだい》か、パンでしょう。宋秉畯《そうへいしゅん》を、そんな目に会わせる奴は、日本のサーベルには居ませんよ。自慢じゃないが、この宋秉《そうへい》……」

いわせておけば、きりがなさそうだし、不平言《ふへいごと》なら、権藤から耳が痛くなるまで聞いている。高はさりげなく話題をそらした。

「李完用候はどうして居ますか？　併合の殊勲者《しゅくんしゃ》の責任でしょうにね」

「あれは駄目です。併合の功を、わしにとられまいと慌《あわ》ててやってしまって、今じゃ、夜も眠れない組です。請願巡査《せいがんじゅんさ》を三人も邸内に雇い入れて、外出の時にも密偵《みってい》をはなたないと、車にも乗れない。宮中では、すっかり嫌われ者になって、尹徳栄《いんとくえい》にお株はとられる。総督の機嫌取りで寧日ないのですよ」

「王世子殿下のご成婚を間近かに控えて、これは只事じゃありませんな」

「ありませんとも！　総督はわしの進言を取上げにならん、日本の我利々々亡者《もうじゃ》、一攫千金《かくきん》組が半島を荒し廻るのを、劣等生の日本人官吏は拱手傍観《きょうしゅぼうかん》しとる。寒心どころか、累卵《るいらん》の危きに来ていますよ。宮中では、李完用と尹徳栄《いんとくえい》の勢力争いで、宸襟《しんきん》の安まる間もなく、嗚呼《ああ》亡国の……」

「ははは。でも、宋伯は、楽しそうじゃありませんか」

「ええ、わたしはもう政治はあきらめましたよ。この頃はね……」

とひそ〜声になって、

「米の相場《そうば》に手を出して、もっぱら仁川《じんせん》の取引所にこもっています。ひと財産出来たら、発電事業を起します。それが成功すれば、製鉄、電気鉄道、金剛山《こんごうざん》登山ケーブルカーは何うですか。笑いましたね？　高さん！　日本の三井が三菱と競争で、もうちゃんと、総督府の高官共に、賄賂《わいろ》を贈ったという情報が入って居ります。併合だろうと植民地だろうと、要するに金ですよ。金権さえ握っていれば、統治権がどこにあろうと、わが国民は安泰《あんたい》です。徳川幕府を向うに廻して戦ったのは、関西の財閥《ざいばつ》ですからね。日本人の官吏共を、わが財力であごでこき使う！　ははは。痛快じゃありませんか。わしは事業で、売国奴《ばいこくど》の汚名《おめい》をそそぐつもりです。ね、高さん！　どうですか！　わしが会社を興《おこ》したら、半分位株を買って下さいよ」

「買いましょう」

といって、高は笑った。笑ったが、そのあとに、鉄屑《てつくず》のような滓《おり》が心に残って、心が渋皮《しぶかわ》のように苦っぽくなるのだ。笑い事じゃなかった。日韓両方の王室が、血で結ばれようというのに、そのどちらも心の歩み寄りをしていない。これでいいのか？　と、大声で叫びたくなる。

3

その心境は、尹徳栄《いんとくえい》に会った時に、一段と大きく揺《ゆ》れた。

昌徳宮の皇后の伯父さまのこの尹徳栄は、何もない空っぽの宮中で一人天下を貪《むさぼ》ろうと、我がまま一ぱいに振舞《ふるま》っている。頭蓋骨《ずがいこつ》のてっ辺が、つまんだように尖り、だんご鼻は瘤《こぶ》のようにふくらみ、厚い唇は精力的で、見るからに意地悪なご面相《めんそう》だが、太皇帝の外戚《がいせき》の閔《びん》一族《ぞく》と李完用を向うに回して、尹氏一族のために奮闘している図は、群犬にかまれたブルドッグそっくりだ。彼の眼中には、山師《やまし》宋秉畯《そうへいしゅん》などあろう筈はないが、ただ総督に取入るために宋を利用することは忘れない。

朴訥《ぼくとつ》で、口下手《べた》な尹徳栄《いんとくえい》は、

「王世子妃を、日本の王家からいただくのは、わしは賛成です」

と、ぽつりといった。

高は、はっと尹徳栄の肚《はら》が読めた。太子妃に選定してあるのは閔姫《びんき》である。閔《びん》一族《ぞく》が再び王世子外戚《がいせき》として宮中にのさばるのが厭《いや》なのだ。

「しかし、閔姫に気毒《きのどく》で……明日にも、訪ねて、お慰めしたいと思っているところです」

高のことばを、黙って聞いていたが、しばらくたって、

「まあ、そんなことをしなくてもいいですよ」

と、ぽつりという。

なぜ？　とたずねたところで、理由はいわないだろう。結論だけいって、尻っぽをつかまれないように用心するのが、この人の得手《えて》なのだから！

「日本の王家と結ばれるからには、いつまでも安泰でありたいものですな」

高がそういうと、

「それなんだよ！　ここまで来たからには、日韓はしっかり結びついていたいものです。ですが、高伯！　重大な危機《きき》に来ました」

と、尹は、節こぶのような鼻をうごめかした。

「重大な危機ですって？」

「太皇帝が、また〳〵、大陰謀《だいいんぼう》を企てていらっしゃる」

「なに？　な、なんですって？」

高は膝をのり出した。

「大陰謀《だいいんぼう》をです！」

「…………」

高は息もつけなかった。

「オランダのヘーグに密使を送って、まんまと失敗して、太皇帝は禅位《ぜんい》となった。伊藤公が暗殺されると、併合になる。万一、今回の大陰謀がばれれば、王室は滅ぼされます」

「一体、何の陰謀ですか」

「シッ！　慌《あわ》てないで下さい」

「これが慌てないで居られますか」

「だから落着くのです。そのために、今回の王世子殿下のご成婚はまことによいのです。太皇帝もきっと思い止りましょう」

「早く言ってくれないと困りますね。陰謀って、一体何ですか」

「また〳〵、密使です」

「密使？」

「パリの講和会議に、密使を送るのです。世界大戦の後始末《あとしまつ》のその会議に、密使を送って、民族自決主義のウィルソン美国《びこく》大統領のあっせんで、朝鮮を独立させるお考えです」

「…………」

高は眼を見張って、尹徳栄のむくんだ顔を見つめるばかりである。らん〳〵と輝く尹の眼の奥に、激しい怒りがかくされているのに気がついて、高はまたあッと息をのんだ。その驚きが何であったか、高はすぐには悟《さと》れないのであった。

王家の慶事

1

高は、鳥居坂御用邸に帰ったが、漢城《ソウル》で見たそういう事情には一言もふれないで、

「太皇帝陛下には、日本の王家との御婚儀ことのほかお喜びでございました」

と、告げただけである。

そして、太皇帝が御自身で出して下さった梨本宮家への贈物を、王世子さまに御披露《ごひろ》申上げる。即ち李王宮に秘蔵《ひぞう》されていた金銀の細工物や、螺鈿《らでん》細工の古筆硯《こひつけん》を守正王に、婦人の胸飾《むねかざ》り一式を方子女王さまに、とのことであった。

両王家の御婚約が正式に発表された翌る日、王世子さまは、そのお土産《みやげ》の品々を梨本宮家にお届けに上った。

永い間の女人禁制のご用邸から、梨本宮家へ向かわせられる王世子さまのお心には、なぜとなく華《はな》やかな光がさす。

(オモ・マーマ!)

ふと、亡き母君の俤《おもかげ》が心に浮ぶ。

索莫《さくばく》としたご用邸住いの身の、こうした慶事に際しても、やんわりと暖い喜びをわかつ相手もなく、唯一人で虹《にじ》のような憧憬《あこがれ》に酔《よ》い、自らを慰める心が如何に淋しいか、ふと身につまされる思いがした。

「居ずまいを正して、失礼のないように……」

そう母君が在せば、仰せられるであろうか?

「太子《テジャ》マーマ！　お嬉しそう」

老宮女が居れば、そういって、はしゃいでくれたであろうものを！　ああ！

身は王宮の人となり、多数の王侯貴族が臣下に属して居るけれどもここ東京に於けるご境遇は、寄る辺のない身の、何か故里《ふるさと》のない風来坊のように寒々しい感じのするのが、はっと喜びにはずむ心に針を刺《さ》す。父陛下は千里の彼方に在して、おことば、慣習《かんしゅう》の違うここへお出でになる気づかいもなく、お名代《みょうだい》の臣下を送られて、逸《はや》る心をそっと押えていらっしゃるのであろうか。

陪乗《ばいじょう》して来た高と栗原が、お玄関先きで御案内を乞う。待ちかまえていた梨本宮家の御用掛《ごようがかり》や侍女が、さっと礼をただして、王世子さまをお迎えする。初めて訪ねる、この場所この時の若い心の戸惑《まど》い、羞恥《しゅうち》もさることながら、ふと「朝鮮の宮様」だという眼で見られるであろうことを意識《いしき》し、それに負けまいと努力する心の中の闘い！　それはほんの一秒間の心の波に過ぎなかったにせよ、そういう狂《くる》い波が自分にだけ起きるというそのことが既に心の支柱《しちゅう》をぐらつかせる。

大広間で、守正王、伊都子さまとご対面あって、やがて、静々と奥から進み出られた方子《まさこ》女王さまと、間近に相対された時、また、はっと身も心もすくむ思い！

（この方は、無理強いに、わたしのところへ来るのだと思い、あきらめているのであろうか？）

ひとの心は、海よりも量り難い。

もし、そうならば、人質につれて来られた敵国の公主《こうしゅ》のように、この方は一生を私のところで泣いて過さなければならないであろうに。

ほとんど表情《ひょうじょう》とてなく、その表情を圧《お》しかくそうとする努力すら見える。でも、裳裾《もすそ》のながいフランス風の宮廷服に、真白いお化粧を施《ほどこ》した顔の何とふくよかなことか。

侍女が運んで来たお茶をすするほんの瞬間《しゅんかん》に、ちらとのぞいた方子女王の眼に、やさしく光るものを見て、王世子さまは、ほっとした。その光るもの、それはいたわりであり、慈《いつく》しみであり、やがては愛《いと》しい心に変るであろうあの心の現れ！

早く、一刻も早く、このひとの心を、このひとの口から聞いてみたい。

が、きょうはこの位でおいとましなければならない。

お別れのおことばを述《の》べて、玄関に向う足の何と重たいことであろう。

（いつまでもいたい）

あの男手ばかりのご用邸に帰るのが、連隊の将校室にいくのよりも辛い。

車寄《くるまよ》せに出ながら、もう一度ちらりとのぞいた方子女王の顔に、微かな笑みの色が、ちらりと浮んで消えた。丁寧《ていねい》に目礼して、車を見送るその眼を、そっと、み胸《むね》に抱いて、夢見る心持に酔う王世子さま！　来ると帰るとは、このようにも心の姿は違う！　冬ごもった野にぱっと花が咲いて、七色の光りがさんさんとさしている。

2

「お姉さま、如何でした？」

居間にもどると、妹姫《いもうとひめ》の規子女王《のりこじょおう》が、悪戯《いたずら》っぽくきく。六つ年下の、まだ初等科ながら、半《なか》ば茶目気《ちゃめけ》、半ば不安を湛《たた》えての問い、

「まア！　規子《のりこ》さん！」

と、方子さまは、お妹をめッとおにらみなさって、張っていた心をゆるめて、机の前に坐った。

「あたくし、扉《とびら》のかげから、のぞいていたのよ」

お傍に来て坐って、なお、何かいいたそう。

「まア！　そんなことをなさったの！」

方子さまは、少し大げさに驚いて見せる。

「そうよ！　どんなお方かしら、と、ずい分見たかったんですもの」

「ほ、ほ……このひとは！」

方子さまは、ませた妹姫のことばに、なぜか、心がぱっと開く。

「とってもお静かな、ご立派なお方ね！　あのお方は、向うの国にいらっしゃれば、天皇におなりあそばすお方ですもの。ほんとに尊《とうと》い。お立派なお顔でしたわ」

「そう！」

「お姉さま、お幸せね！」

「ま！」

「でも、あたくし……」

「え？」

「お姉さまが、向うのお国にいってしまいになるの、きらい！」

と、規子さまはお小さい顔に悲しみを堪える。

「そんなことはありません。鳥居坂で暮すのですよ」

「でも、もしかして、あちらさまの宮殿にいかなければならないとしたら？」

「たまにはそういうこともありましょうけど」

「いいえ！　それっきりになったらというのよ」

「そんなことがあるでしょうか！」

「もしあったら?」

「……………」

方子さまは、ふと不安に打沈《うちしず》まれた。もしそうなったとしても、それがどういう不幸になるであろうと考えても、あの方のお顔やおからだでは判断《はんだん》出来ない。すっかり日本風にしていらして、日本の宮様と少しも違わない。少くともお見かけしたところでは、それを見つけることは出来ない。あの方からは、直かにそういう不安を見つけることは不可能であった。

規子《のりこ》さまとそういうお話をなされた方子《まさこ》さまは、お夕食のあとで、おたあさまがこういわれるのを聞いた。

「日本に初めてお出での時より、ほんとにもう、なにもかも、日本にお慣《な》れなのね。伊藤公の深いお考えが、今になってはっきりわかってきました。あの時は、何うしてあのお小さい方を日本へおつれしたのかと、おいたましく思いましたけどね」

ひと頃「朝鮮の宮様とのご婚儀」で、お心を悩《なや》まし、お人相《にんそう》が変る位であったのに、きょうのお対面で、大ぶお気持が変ったようだ。

ばかりか、

「男手ばかりのところで、おくらしなさるそうで、何かとご不自由でしょうね」

と、ご同情までなさる。

それで、方子さまは、おたあさまのご注文もあって、鳥居坂へ、心をこめた贈物をした。

それをお届けして帰った御用掛の櫻井が、

「ほんとに、うるおいの乏しいお住居で、見るからにおいたましうございました。男ばかりのお家は、玄関からもいやな臭いがします」

と、歎《なげ》かわしげにいう。

「お気に召されたご様子だった？」

方子さまは、はっと心が動いた。

「はあ、もう、そのお喜びのなさりようったらございませんの。絞《しぼ》り染《ぞめ》のクッションを、早速ご自分のお椅子《いす》へのせられたり、テーブルクロースをお机においたり、お刺繍《ししゅう》を壁にかけて、しげ〳〵とお眺めあそばして、

『美しい！　これは女王さまが、おつくりになったの？』

と、申されますので、

『は！　お刺繍《ししゅう》もクッションもお座布団《ざぶとん》もみなお姫さまのお手製でございます。何の風情《ふぜい》もありませんけれど……』

と、お答え申しましたら、

『何の、何の、こんなよいものをいただいて、とてもうれしいよ。店で買ったものと違って、何か、

あたたかい気がする』

と、おっしゃりながら、クッションをおとり上げになって、こう、み胸《むね》にお当てになられたり、そうしておいでのお姿、ほんとに、おいたわしくて。異郷《いきょう》でのおわびずまいのご不自由さ、お心をおなぐさめ申上げる方とてなく……」

と、櫻井は、はっと面を伏せ、涙ぐんだ眼をしばたたいて、頬をぬらすのだ。

方子さまは、大きく心が揺《ゆ》れて、何か悲しげなお気持がするのを抑《おさ》えることも出来ず、眼をそらして、窓の外の椿のお花を、それとなく見やるのであった。

太皇帝毒殺さる

1

方子さまは、今はもう一日も早くお式のすむのを待つばかりのお心構えとなった。

年があけて、宮中でのいろ〳〵なお行事《ぎょうじ》もすんだ頃、御調度《おちょうど》の品々が整えられ、吉日を選んで、挙式の用意にとりかかって、梨本宮家にも、鳥居坂御用邸にも、人の出入りはとみにふえ、何ぜとなく慶びに浮き〳〵しだした。

吉日は一月二十八日。この大慶事に列席すべく京城からは、閔李《びんり》王職《おうしょく》長官をはじめ多数の貴族が日本へ向け出発した。

と、ご慶事をあと一週間にひかえた二十三日の朝。

「太皇帝危篤即刻《きとくそっこく》ご帰還《きかん》ありたく」

という電報が、鳥居坂御用邸を驚かした。

王世子さまは、あッという驚きの中にも、ふと方子女王のことが気になった。

年老いた父陛下のご臨終《りんじゅう》に間に合うようにと心はせく。そして、数日後に迫ったご慶事が駄目《だめ》に

なったかとがっかりなさる中に、

「女王がさぞ驚くことだろう」

と思う心は、なおさら痛む。

梨本宮家へご挨拶に立寄られて、

「大事に至らなければ、すぐにもどります」

と、いっただけでは、梨本宮家をお慰めすることは出来そうになかった。

けれども、梨本宮家では、

「ご心痛《しんつう》の程お察し申します。どうか恙《つつが》なくお帰りあそばせ」

と、逆に慰めて下さる。方子さまも、

「万一のことに至りましても、ごゆるりとあそばしますよう、こちらのことにお気をつかわれませんようにおねがいします」

と、申される。

そのことばに、王世子さまは、どのように慰められたことか！

その夕、汽車の中におからだを寄せて、身も心も北へ逸《はや》る一方には、逆に東京へ、梨本宮家へとひかれる苦しさ。

ぽうと方子女王のお顔が窓ガラスに映る。

と、臨終の苦しみの中から、

「エキや！　エキや！」

と手をのばされ、王世子さまを探し求められる父陛下のお姿が心を千々《ちぢ》に断ち切るのだ。

ほとんど一睡《すい》もされずにあくる日を迎え、下関につくまでの二十三時間を、苦悩《くのう》の中に過された王世子さまは、出迎えの高麗丸《こうらいまる》にご乗船。スクリュウの音すら慟哭《どうこく》に聞え勝ちの中を、釜山《ふざん》へおつきになった。

先に慶事の式典につらなるために渡来中の貴族大官達は、広島あたりで電報に接し、そのまま引返すという、半島は上へ下への大さわぎとなった。

王宮で留守居の権藤が、埠頭《ふとう》に出迎えて、

「殿下！　ご心痛お慰めの申しようもございません」

と申上げる。

「父陛下はどうあそばしたか？」

王世子さまは、焦燥《しょうそう》の中に、訊ねた。

「は！　実は、危篤の電報は、一時の方便《ほうべん》でございました」

「なに？　それでは……」

「は！　恐れながら、二十二日の深夜、不意におかくれあそばしました」

「なに？」

王世子さまは、息もつけず、呆然《ぼうぜん》となさる。

お傍に居た高が、

「どうして偽《いつわ》りの電報を打ちましたか？」

と、はげしく非難する。

「は！　ご慶事を控《ひか》えて、どうしたらよいかと迷ったり、とも角、王世子殿下のご帰還《きかん》を待ちまして、正式発表がよいかと、考えまして」

権藤は、王宮の不意の出来事に、大ぶまごついたらしい顔でいう。

「それは失態《しったい》だ！　大失態《だいしったい》だよ。民はもうちゃんと知っているぞ」

と、高は憤激《ふんげき》して叫んだ。

なるほど、列車が走り出してから、通り過ぎる大邑《だいゆう》、部落、およそ人の住むと思われる場所には、丘陵《きゅうりょう》に、広場に、白衣の人が群がり、弔旗《ちょうき》をかかげ、喪服をつけて、慟哭《どうこく》している。地べたに平伏して、北向して、哀号《あいごう》を叫ぶ、その姿の異様さ！

2

京城について、大漢門の前に至ると、そこにも人の海。白衣の群衆が、門前の広場にぎっしりつまっ

ている。地べたにべたっと土下座して両掌《りょうて》で大地を叩き、天を仰いで、

「アイゴッ」

と、慟哭《どうこく》している。

王世子さまは、車を乗りすてて、人波の中を大漢門にすすむ。

王世子さまと知った群衆は、それを合図《あいず》のように、一だんと声をはり上げて、地をたたきながら、アイゴッと泣き叫ぶ。

その哭き声の何と凄《すご》いことよ！　怨声《えんせい》天にみつるとでもいおうか。

宮闕《きゅうけつ》内にはまた宮女達の怨《うら》めしげな哭声《なきごえ》。

昌徳宮からかけつけた隆熈《りゅうき》皇帝は、お父上のなきがらをかき抱いて、慟哭《どうこく》なさる。王の外聞も形式もさらりと捨てて、親子の感情の赴《おもむ》くままに哭《な》いていらっしゃるのだ。

王世子さまを見るや、ご兄弟相擁《あいよう》して、父陛下の御前にどうと哭きくずれ、それに和するかのように、二百の宮女が、慟哭を新たにした。

皇帝も王世子さまも、父上を亡くした悲しみの上に、国を亡ぼした怨《うら》みを混えての慟哭《どうこく》なのだ。

太皇帝の歴史は、亡国の歴史だ。清と露と日の間にはさまって、右に抜ければ左につき当り、左から逃れると右につかまる。もがいたり、苦しんだり、そして遂にこのお最期《さいご》である。

王さまの心に渦巻《うずま》く悲しみは、十重二十重《とえはたえ》に混乱しているのも無理ではない。

哭き疲れて、咸寧殿《かんねいでん》の、嘗ての日、母君がお使いになっていられた御座所《ござしょ》に退いていると、しずしずと進み出た老女。

「あ！」

と、驚くほど、その宮女の眼には、凄惨《せいさん》な光りが満ちている。

麻帽《あさぼう》、麻着《あさぎ》、麻の帯をした喪服《もふく》の宮女。王世子さまも同じような素衣麻帯《そいあさおび》で、喪装《もそう》をしているが、その宮女の装《よそ》いは、さながら地獄から生き返った亡霊《ぼうれい》そのまま！

「何か用か」

王世子さまは、その宮女の顔に見覚えがない。

「千一清《せんいっしん》でございます」

「え？」

「太子《テジャ》マーマ、お小さい時に、お傍に居ったことがございます」

「それで、ご用は？」

「太子《テジャ》マーマ！　お驚き下さいますな」

と、その声は怨《うら》めしそう。

「早く申してみよ」

ほんものの亡霊怨魂《ぼうれいえんこん》かと、声を立てるばかりに驚かれる王世子さま！

「はい、申上げます」

と、宮女はあらたまって、そこにしゃがみ、そして、ぼそ〳〵と語りはじめた。

「太子《テジャ》マーマ、太皇帝陛下の御崩御《ごほうぎょ》は、異常な死でございます」

と、いう。王世子さまは、ギョッとして、

「異常の死とは？」

「わたくしめは、その夜、先の皇太后さまの亡霊にお会いしました」

「…………」

「ここで、この部屋で！」

「…………」

「深夜《しんや》に、何となく胸さわぎがしまして、このお部屋に来て見ました。そしたら、そこの、ちょうど太子マーマがおいでのその場所に、皇太后さまがおいでになって……」

王世子さまは、はっと身がすくむ。

「そして、申しますには、

『千一清や！　太皇帝の御身の上が危い。すぐにいってお救い申せよ』

と、いいも終わらない中に、壁の中に、いいえ、壁をすうと通り越してお廊下の向うへ、暗い彼方へ、お消えになりました。わたくしめは、あっと起ち上って、太皇帝さまの御座所にかけつけましたところ、年若い侍女が、陛下にお茶を差上げて、出てくるところ、急いでご寝所をのぞきましたら、もう陛下は、おかくれあそばしておいででした」

「…………」

「そこで、すぐに、その侍女をつかまえて、聞きただしましたら、『あ！　うまいお茶だね』と、おっしゃって、今、ご寝所に入られたばかりです、とのお答えでした。太子マーマ！　毒殺でございます。お茶碗には、砒素剤《ひそざい》がのこっている形跡がございました」

「その茶碗はどうした？」

「盗まれました」

「なにっ」

王世子さまは、のけぞるばかりにして、気を失われた。

独立万歳騒動

1

「太子マーマ！」

若い女の声。

王世子さまははっと眼がさめた。障子に明りがさしている。そこに見おぼえの女官の顔がある。李天喜だ。

「あ！」

王世子さまは、十の時に、日本に発たれる前のある日のご自分に還《かえ》ったような錯覚《さっかく》に陥った。

喪服をつけたまま、うとうとした心の浮かれのまだ癒やせない眼に、李天喜のあの日の幼い顔が見える。

「申しわけもございません。太皇帝さまにお茶を差上げたのは、わたしでございました」

といって、李天喜は泣き伏した。喪の上衣につつまれた細い肩がわなくヽとふるえる。

「わけをいってみよ」

王世子さまは、そう促《うなが》した。

「はい」

やっと泣声をおさめて、

「あの夜、太皇帝さまは、深夜まで、私共を相手に、昔語りに興がられておいででした。昼間、いくたりかの旧臣下の方が見えて、何か密談を成さりました。それが巴里《パリー》に送る密使であることは、私共もそれとなく気がついて、咸寧殿《かんねいでん》に、日本人侍従やスパイが入らないように厳重に警戒して居りました。ところが、宵の口になって、尹徳栄さまがうかぬ顔で来られました。太皇帝さまは、さりげなくお顔を変えられ、ご冗談《じょうだん》などあそばして、尹徳栄をあしらっておいででした。それで、夜も更けましたので、みんなが御前を退りましたところ、『天喜！　お茶を持て！　成るべく甘くしてくれ』と仰せられますので、わたくしはお紅茶をつくって運びます途中、おさじを忘れたことに気がつき、お廊下の花卓《かたく》にお盆《ぼん》をのせておいて、おさじをとりにいった、ほんの一寸の間に、毒が入れられたのでございます。典医《てんい》の安商鎬《あんしょうこう》の仕業《しわざ》でございます。あの時間まで内殿《ないでん》に居残った男の方はあのひと一人でございます。それはともかく、わたくしの失策《しっさく》でございますから、わたしは……」

「それはいけない！　事の真偽《しんぎ》もたしかめないでは、軽率《けいそつ》です！　自害《じがい》した女官があるときけば、総督府が騒《さわ》ぎます」

「張本人《ちょうほんにん》が総督ですもの、騒ぐ筈がございません。尹徳栄と李完用が密命を帯びて、典医に一服もらしたのでございます」

「それなら、なおさら騒いではいけない」

「そうでございましょうか」

「そうなのだ。兄陛下や側近の者と相談するまでは何事もないように、神妙《しんみょう》にしてくれ」

「はい」

天喜は、肯《うなず》けないような顔で伏せた。

と、お廊下を、老女が哭きながら通った。

「あれは、どなたじゃ？」

王世子さまは、その哭き声の異様さに驚かれた。

「三十年ほど前に、太皇帝さまがご登極《とうぎょく》あそばしたばかりの頃、皇后候補《こうほ》に上ったとかで、それ以来田舎で処女のまま老いた方でございます」

「それがどうして、宮中へ参ったのじゃ」

「昌徳宮陛下を、日本の天皇陛下に拝謁おさせ申そう陰謀を企てて、総督の命を帯びた尹徳栄が、毎日毎夜、太皇帝さまを攻め抜きました。どうしても、よろしいと仰っしゃらない太皇帝さまに仇をせんものと、尹徳栄が、あの老婆を宮中につれてきたのでございます。そういういやがらせをする悪どい尹徳栄でございますもの、総督の命令だとあれば、お毒を入れる位何でもありませんわ」

怨みにこもった天喜の顔には、王世子さまをも仇にする位な毒気が流れていた。

2

王世子さまは、兄陛下のおことばに従って、何事もお葬式がすむまでは、不問に付する方針であった。騒ぎ立てて、巴里密使派遣の企てが表てに出れば、却って王室のためによろしくない仕打ちを受けることも明白であったのだ。

が、宮中のこの秘密は、雑婦《ざっぷ》の口で世間に伝わり、大漢門前に集まった群衆を始め、全国津々浦々の、望哭式《ぼうこくしき》にひれ伏した民草の耳に、電波のように知れ渡ったのだ。

望哭《ぼうこく》の悲哀は忽ちの中に、憤激《ふんげき》と変った。武断政治に圧されて忍べるだけ忍んでいたあらゆる怨恨《えんこん》が、一時に勃発《ぼっぱつ》して火と燃えたのだ。

孫秉凞《そんへいき》、崔南善《さいなんぜん》ら百数十の志士が決起《けっき》して、独立宣言を中外に宣したのを機《しお》に、独立万歳運動という新奇《しんき》な形式の無抵抗運動が起きたのである。ひれ伏して叩地慟哭《こうちどうこく》していた民衆が、太極旗《たいきょくき》をふりかざして独立万歳を呼称《こしょう》しながら、大漢門へ殺到する。学生や青年志士は街頭に立ち、屋上に登って、演説した。日本の軍隊が出動し、憲兵が突撃して、威嚇《いかく》射撃をしたけれども、無抵抗の民衆は、ばたばたと倒れながら、ただ前進あるのみ！

大漢門を守衛《しゅえい》していた唯一の朝軍軍隊の下士は、昂奮のあまりに、群衆にまぎれこんで、先頭で万歳を叫ぶ。門衛のない大漢門へ群衆はなだれを打って入る。けれども、暴動でない無抵抗主義の示威行進だから、規律正しく、そして静粛《せいしゅく》に行動した。

太極旗《たいきょくき》を先頭に、粛々と進んで来た人民の列が、咸寧殿に達するや、一群ずつ、誰れかが指揮《しき》して、

「太皇帝陛下の御霊前に、敬礼!」

と、号令する。

民草は、頭を垂れて、哭声《なきごえ》を上げる、終ると、

「今日、只今、わが大韓国は独立《どくりつ》する。大韓独立《テハントクイプ》、万歳《マンセー》!」

と、人民が、

「テハン、トクイプ、マンセー」

を三唱する。

お葬式を三月三日に控《ひか》えた、今日の朔日《ついたち》! 全世界の耳目を驚かした、独立万歳騒動事件の幕は切って落とされたのだ。

この同じ時刻に、全半島には、独立宣言の万歳の声が雄叫びを上げ、そして、翌る日、遂に日軍の銃火が火を吐き、大地は鮮血に塗《ぬ》れ始めた。

けれども、咸寧殿の太皇帝陛下の御遺骸の前に居る皇帝陛下や王世子さま、その他の近侍の人々には、この日この時を期して、朝鮮の独立が成立したような奇異《きい》な錯覚《さっかく》に陥った。

人民のあの一方的な宣言を、巴里平和会議が取上げる。勿論日本代表が反対するであろうけれども、チェッコやハンガリーやバルト沿岸の三小国すら新たに出来た、有難い民族自決主義が物をいう平和会議が、朝鮮の独立を無視する筈がない。間もなく、朝鮮独立O・Kとくるであろう。という安易《あんい》な考えに、日本の軍艦や大砲をよそにして、みんなはすがりついた。ことに宮女たちの喜びようったらなかった。

「ああ！　よかった、よかった。わが国は独立したんですって」

「皇太子陛下、万セー」

「王世子さま！　マンセー」

と、誰れか、

「王世子さま、御成婚式を挙げないでよかったわ。わたくしは日本の王女を王世子さまの妃《ひめ》さまにもらうの、大きらいだったのよ」

と、声高にいって、嬉しそうに、にこにこした。

その笑顔に、王世子さまは、はっと吾れに返った。同意を求める、その宮女の心が、何かしぶとく、恐しいものに見える。

「方子女王！」

王世子さまは、そう叫んだ。麻衣の喪服をつけたから、だから、魂だけすぽっと抜けて、遙かな彼方、東京の空へとんでいく。方子女王のお顔が見え出すと、何か哀恋《あいれん》の情がほとばしるのである。

（この報道にどのように驚き歎いていることだろう）

と思う心は、何かにつまされる気がした。

心は心に

1

その心は、違う側に居る方子さまの心にひびいたのか、

「この騒ぎに、さぞお悩みのことでしょうに」

と、静かに成りゆきを眺めていられる。

守正王も伊都子さまも、新聞の号外を見られた時には、ほとんど気を失うばかりに驚かれたのであった。ことに伊都子さまは、

「やっぱり、やっぱり、ね？」

と、今にも消え入りそうなお気持になられる。

「困ったことになりおった」

守正王は、安楽椅子の上で沈黙に陥る。

「お姉さま、どうなさる？」

規子さまも、そっとささやく。

孰れもみなぴりぴりふるえるような張りつめた心である。

「おたあさま！　そんなにご心配なさらないでもよろしいじゃございませんか」

方子さまは、きりっとして、少し強いことばでいわれる。

「でも、こうなっては……」

「たとい国がわかれましても、あたしはあの方の心を信じます」

「それは、どういうつもりのことばなの？」

「あたくしは、あの方と結婚するのであって、あちらのお国のところへ嫁ぐのじゃありませんわ」

と、守正王が、

「なるほど！　方子、いいことをいった。わたしらが間違えて居った。国と国と、皇室と皇室と。そう難しく考えて居ったのがいけない。わかった、わかったよ。わしも気が楽になった」

と、ほっとしたようなお顔をなさる。

「ですけれど、殿下、それは……」

「いや、心配ない！　敵国民同志の結婚だってあり得る。ヨーロッパにいくらでも例がある。今度の大戦のドイツとイギリスだって……」

「でも、朝鮮は、きっと方子に、仇討ちをします」

「いや、かまわん！　騒ぐことはない」

「騒ぎたくなくても、毎日の新聞がしぶとく迫ってきて……」

「新聞はほら吹きじゃ！　王世子さまが帰って来られれば、事は落着する！」

方子さまは、守正王にほっとした眼差《まなざし》を送った。母君と同じようにふさいでいらっしゃれば、方子さまもやりきれないであろう。

学校に出ても、ご学友が方子さまを見かけると、ひそ〳〵話を急に止めて、すましている。そのことが、方子さまには冷たく感じられ、耐えられない気がした。

卒業式がすんで、お邸にとじこもれるようになって、どのように心が安まったことであろう。

そして、事件が次第に収って、世間がけろりと忘れた頃、王世子さまがお帰りになった。東京に着かれるとすぐに、方子さまに会いに見えた。

「あのような事件が起きまして、さぞ悩みましたことでしょう？」

「いいえ」

「わたくしは悩みました。国のことと、あなたのことと……」

「わかりますわ」

「明治大帝の御聖旨《ごせいし》がそのまま通ればよろしいでしょうけど……」

「お国の事情はよっぽど悪いのでございますか」

「人民の生活を、わたくしは知りません。宮室のいろいろな出来事はよろしくないのです」

といいかけて、王世子さまは、はっと後悔なされた。宮女たちの姿やことば、側近の者の動きや、重臣の暗闘《あんとう》や、それは到底説明だけではわからないことだ。

それを背負ったご自分と、何の重荷もない方子女王とは、あまりにも境遇が違う。

王世子さまは、この時ほどご自分を不幸だと思ったことはない。暗いかげが、お顔に黒ずんだ色を与える。それを払いのけて、強いて明るくしようとすれば、却って不自然な言行となって現れるだろう。

「殿下！　どうかお心を安まれて下さいませ」

ふと、方子さまは、こうおっしゃった。

王世子さまは、はっとして、眼がさめたように、方子さまのお顔を見守る。和《なご》やんだお顔のきらきら光る眼が、智に冴《さ》えて、

「どんな災難がありましても、決して驚きませんつもりでございます」

といわれる。凡てを予知《よち》し、洞察《どうさつ》されたことばだ。

（災難！）

はっと驚くような心で、その二字を受けとめる。

それを敢えていわれた方子女王の心情を考えて、王世子さまは、悲痛な気持になった。

（自分に嫁《とつ》がなければ、この方は！）

と思うと、拘《こだわ》りが、心にしこる。

（いや、そう拘ることはない）

と、強いて明るく、

「ありがとう！　わたくしも、そのつもりで居りたく思います」

と答えた。

2

けれども、その拘りは、根強く、しぶとく身のまわりや、心の中に残る。

連隊に出ると、宮様として、将校下士官から、特別の位置に奉られる。民間でご自分のことを伺う
感じているか、それは知らない。

が、宮家同志の寄り合いがあった時の、

「あ！」

という心の揺《ゆ》れ方。

先方でも、

「え？」

と心の動揺《どうよう》を露《あら》わにしたり、それをかくしたり、同情して、ことさら親切に言葉をかけたりする時
の、拘りは、どうやったら無くなすことが出来るのであろうか。

公式の席上では、大抵末席に決っていた。宮家同志は話題も豊富である。けれども、王世子さまには、時候の挨拶がすむと、もういうことばがなかった。それかといって、

「朝鮮の万歳騒ぎは何うなりましたか」

などと、話題に持ってくることも出来ないであろう。

なるべく朝鮮のことにふれたくないし、ふれてもらいたくもない。しかも、王世子さまのお心には、朝鮮が一ぱいだ。世間もまた、朝鮮を忘れず、新聞は「不逞鮮人《ふていせんじん》」の蠢動《しゅんどう》を伝え「不穏思想《ふおんしそう》」の朝鮮学生狩《が》りを面白がっている。文人墨客《ぶんじんぼっきゃく》の朝鮮紀行や、雑誌記者の朝鮮視察も盛んで、ジャーナリズムに迎合《げいごう》されている様子だが、文明に後れた民族の奇習奇癖を揶揄《やゆ》と嘲罵《ちょうば》を混えて書きたて、エキゾチズムを満喫《まんきつ》せんものと次から次へと野蛮性《やばんせい》を強調する。最も日本の心に近く、文明の先導者《せんどうしゃ》であり、文化的精神に最も強い繋《つな》がりを持つ朝鮮を、それらの日本人は、アフリカ南端の土人よりも縁薄《えんうす》きものとして見る。

「鮮人」という字を見る度に、王世子さまは、どきんとなさり、眼をそらせ、心を洗う。

このことは、ずっと後まで尾をひき、拘りは濃くなるばかりだ。

そういう時、方子女王に会うと、釈然《しゃくぜん》として、消え失せてしまう。

にこやかにお笑いになってお迎えして、茶菓を運んで、おつくりになった歌を、よんで、きいてもらい、縫いかけの刺繍《ししゅう》をお見せしたりする。

「ああ！」ほっとして、心がくつろぐ。

そのくつろぎに、いつまでも世の終りまで、ふんわりとつつまれていた。

けれども、そのくつろぎは、すぐに剥《は》ぎとられる。

朝鮮独立党の巨頭の呂運亨《ろうんきょう》が、東京に現れたのは、冬の初まりのある日だ。時の首相、原敬《はらけい》がその剛腹な腹芸を見せたのである。朝鮮から亡命して、上海に巣食った朝鮮独立団！　上海仮政府の名で、列国と交渉していた彼等の首領の呂運亨《ろうんきょう》と、話合いで、朝鮮問題を解決しようという原敬の意図を受けて、日本官憲の手中にとびこんだ呂運亨も偉いが、話合いがつかないと、約束通りに、上海のフランス租界へ送り届けた原敬の信義も誉めてよい。

呂運亨が東京に滞在中、新聞は狂ったように騒ぎ回った。

呂運亨氏曰く、朝鮮は独立すべし。

呂運亨、朝鮮は必ず独立して見せると、うそぶく。

不逞《ふてい》！　帝都にて、朝鮮独立を主張す。

その呂運亨が、王世子さまに面会を申込んだ。

高事務官は、

「殿下のお立場としては、まことに微妙《びみょう》なものがございますが、拝謁《はいえつ》を許して、簡単なおことば位かけられたほうがよろしいのではございませんか」

と、苦慮の末に進言した。

王世子さまは、

「そうか。よいように取計って下さい」

と、答えた。

が、高の行動を監視した栗原御用掛が、そのことを憲兵隊に電話した。

怨ちの中に、正私服の憲兵が、御用邸の周りをぐるりと取りかこんだ。

高は、栗原を憎んだが、朝鮮人の悲しさ、彼の意志を助ける力は一つもないのだ。

「原首相だって、東京に呼んだじゃないか。殿下が拝謁を許したからって、悪いことはなかろう」

「しかし、原さんと、殿下とは違いますよ」

栗原は、蔑んだように睨《にら》む。

「わしは、辞める。日本人の間に居るのが辛い」

高は、肚が立ったが、憲兵隊に呼び出されて、

「君も不逞鮮人《ふていせんじん》と認めるぞ。もし王世子殿下が呂運亨一派と脈絡《みゃくらく》があれば、殿下といえどもただはおかん」

と、隊長に一喝《かつ》されて、ちぢみ上ってしまった。

お情で、殿下にされた王世子さま！

（汝の命は我が手中にありだ！）

籠中鳥《ろうちゅうちょう》のその鳥の王世子さまの前で、高は泣いて、慰めることばも見つからなかった。

ただ、そのあとで、王世子さまは、

（今後は気をつけよう）

と、智慧《ちえ》が一つ殖えただけのこと。

この騒ぎにも、方子女王は、お志し通りに、別段驚かれないのであった。

幽閉同様《ゆうへいどうよう》に、しばらくご用邸に引きこもっていられた王世子さまへ、方子女王は、お電話で、お会いしたいからいらして下さい、と申上げた。

王世子さまは、ほっとして、梨本宮家へかけつけた。守正王と伊都子さまは、何か物問《ものと》いたげであったが、

「お式の時にお肌につけて頂こうと縫《ぬ》いましたの。皇后さまからいただいたお絹でございます」

と、方子さまは、真白い絹の下着をお見せした。

「ありがとう」

このことばは、いろいろに重なって、涙のにじむような感謝で塗りこめられた。

（早く、お式を上げたい）

虹のような憧れが、み胸の中で、もやもやと燃えしきる。

御成婚の日

1

　その憧れのお式は、やがて、あけて四月の二十八日に、鳥居坂御用邸であげられる。

　御用邸のお庭先には、遅咲《おそざ》きの桜が満開して、さながらこの慶典《けいてん》をお祝い申すかのようだ。が、お邸の高い塀の外を、神経質に痩《や》せ、執念《しゅうねん》深い眼付で、あたりに気を配りながらうろついている青年があった。

　交通整理のために出た巡査のほかに、特高の憲兵の私服が多数、ご用邸を中心にして二キロ四方の路地《ろじ》や横丁《よこちょう》や四ツ角で、眼をひからしているのは、やはり王世子さまの背後に群る人民の心を信じないからであろう。

　それを証明《しょうめい》するかのように、先きの青年は、咲き乱れた桜の下で、花の匂《にお》いをかいでいる風を装っている。警戒厳重な中をどうやって、そこまで忍びこんだのであろうか。

　九時きっかり、梨本宮家のご玄関先を、方子女王をお乗せした車がすべり出した。お車は、特に宮中から差廻されて菊花の御紋章が輝いている。その前後を、儀装した騎兵が警備して、鳥居坂御用邸からお迎えに上った高事務官の自動車が先導した。この二台の自動車の後に、梨本宮、同妃殿下の車、ご親戚の鍋島侯爵と同夫人、壬生《みぶ》伯爵、東園子爵、鍋島侯令嗣と同夫人、その他の方々の自動車の列がつづく。

高事務官は、見事に整理された道路を見渡しながら、無心にご先導申上げる。顎《あご》ひもをかけた警護の巡査が、きりっと直立して、敬礼して、白く清めた道路を、車は疾走《しっそう》する。並木が新芽をふいて緑《あお》い。奉迎《ほうげい》の人民の姿が歩道に見えた。

鳥居坂付近の民家には、日の丸が出て、四月の風にはためいている。

桜の並木が近づいた。御用邸の周りは、その花が霞んでいる。そのせいか九重《ここのえ》の奥の幽《ゆか》しきところに在す尊き方！　そういう気がして、格別おしたわしく感ぜられた王世子さまのお姿を心に描く。

国旗が見える。御用邸の正門である。する〳〵とすべって、自動車は近づく。

「無事に御先導申上げた。事故もなくて、よかったよ」

と思って、ほっとした瞬間《しゅんかん》に、さっと駆け出した黒い影！　わッと何か叫びながら、車めがけて、何か投げた。

「あッ！」

高は、息が止った。

パン！

大きな轟音《ごうおん》を、一瞬心に予期したが、丸いものは、不発のまま、ころ〳〵ところがって、車の方へくる。巡査がさっと進み出て、それを拾って走る、と、投げつけて逃げる人影に、わッと四人の私服が折り重り、すばやくかついで路地へ走った瞬間に、高の自動車は通り過ぎ騎兵がつづき、方子女王のお車がすべってくる。速度は乱されなかった。何事もなかったように車は正門の中へ入る。

「おう！　よかった。よかった」

高は心が痺《しび》れる思いがした。背中に汗がびっしょりだ。

高は、ご玄関先に集った李王職事務官たちをかきわけて中へご案内申上げる。

方子女王は、櫻井御用掛に手をひかれて、車を下りられた。最敬礼する中を、高のあとから大広間の次の間へ通られる。

式場の広間には、勅使をはじめ伏見宮、閑院宮、久邇宮と各妃殿下が、皇族を代表して、列席されている。李王宮からは、昌徳宮皇帝の御使の李達鎔侯《りだつようこう》ほか李允用男《りいんようだん》、趙東潤男《ちょうとうじゅんだん》に、李完用、宋秉畯《そうへいしゅん》の二人も参席している。そして、齋藤総督と同夫人、伊藤公と同夫人らが、それ〴〵の位置についている。

正装した皇族、大礼服の貴賓《きひん》の金色燦然《さんぜん》たる中で、鍋島夫人、伊藤夫人、末松子爵夫人の、袿袴《けいこ》の優麗な姿が眼をひいた。

陸軍少尉の御正装に菊花大綬章《だいじゅしょう》を帯びられた王世子さまが、右側の入口から進み出られると、裳裾《もすそ》長い御服に、寶冠章《ほうかんしょう》を佩《お》びられた方子女王が左から御出でになって、式壇《しきだん》に御対座になった。

そこへ饌案《せんあん》が運ばれ、穀物《こくもつ》を供え、御盃を捧げられる。

参列者は、こそとの音も立てずに、息をのんで、この厳粛《げんしゅく》な、合卺《ごうきん》の礼を見守った。と、式が終わったその一瞬に、王世子さまは、

「あ！」

という驚きの眼で、並び居る人々の方を見た。朝鮮宮女の姿でただ一つ真白い装いの人が、そこに居るのが、ことさら眼をひいた。昨夜おそく京城から到着したことは知っていた。が、そこにそうして孤独《こどく》に控えているその宮女の姿は、王世子さまの心に、釘をさすかのような驚きを与えた。二百人の宮女のあの恨めしげな哭き声。

「あッ」

王世子さまは、心を転じて、方子女王を見る。高貴の気にあふれ、芳しい香りのする、端麗な顔には、何の邪気もなく、虚心《きょしん》にこちらへ向いている。

「このひとと、わたくしは、ここに固く結ばれた」

愛《いと》わしい情が、どっと王世子さまの心に迸《ほとばし》った。

「このひとを、わたくしは、最後の日まで守る」

と思っているところへ、国分《こくぶ》事務官が囁《ささや》いた。

「殿下！　お式が終りました。ご披露《ひろ》の席へお成りあそばしますよう」

「あ！」

そうだ！　なにを放心していたのであろう！

2

そのような心のわだかまりは、日がたつにつれて、王世子さまの心からうすれていった。索漠《さくばく》な御居間には、花のような和んだ空気がそそがれ、淀《よど》んだ心を清新な清水で洗って、生々とのび〳〵と、幸福にひたるのであった。

そういう急激な変化に、はっと気づかれた方子さまは、

「お気の毒だわ」

と、これまでのことがありありと見えたりする。

陸軍大学へお通いの王世子さまが「朝鮮」に拘ることを忘れて、素直なお気持で居られる姿は美しい。が、時折ちらと薄雲が、王世子さまのお顔に現れる。ある日、方子さまは、何かお心がかりでもおありかときいた。

「実は、京城の兄陛下から、朝鮮風のお式をやれとおっしゃる。方子にも早く会いたいと申してよこした」

「そうでございますか。あたくしも早く京城に行って見とうございます」

心からそう思ったままお答えしたが、

「どうもお許しが出ない。朝鮮に行くのを、どうして喜ばないのであろうね」

行きたい時にひょいと行けない身の窮屈《きゅうくつ》さ！

「おもうさまにお願いしてお口添えしていただきましょうか」

「そうしてみて下さい」

「朝鮮服を着て見たくなりましたわ。どんなお服でございましょうね」

王世子さまは、そういわれたのが、とても嬉しいらしくて、お顔をぱっと輝かせ、

「式服は重くるしいよ。わたしは多分、龍袍《りゅうほう》か冕服《べんぷく》でしょう」

「龍袍《りゅうほう》と申しますと」

「そうですね」

一寸お考えになって、

「どうも説明出来ないよ」

「では、あたくしは？」

「御衣《ぎょい》といって、これがまた大変！　からだの弱いものは、立っていられない位に重い。頭につける花冠《はなかんむり》だって、相当の……」

「早くつけて見たいわ！」

方子さまは、そういう風俗が、いつのまに他人事《ひとごと》でなく、ずっと前から自分のものであったような気がした。

一日も早い方がよいのだと、関係方面へ交渉しても、なかなかお許しが出なかった。

「普通の場合と違って、警護や何か大変なんだろう」

と、肚も立つけれども、ご自分でいいように解釈して、あきらめてしまう、いつのまにかそういう習慣がついてしまっている。

ある日、方子さまが、お顔をぽっとあからめて、おからだの変化を告げた。

「そうか！」

と、王世子さまは、何か心に力が出てくるような喜びにひたった。

そして、方子さまのからだに異常がないように祈る心で、毎日を送り迎える。

「当分、京城行は中止にしよう」

そう思って、新しい人の生まれ出るのを待つのであった。

怨恨《えんこん》の宮女

1

晋殿下《しんでんか》が生れたのは、翌る年の八月。王世子さまは、この新しい人が背負った意義が如何に重いかを考えられて、はっとされた。

日韓の血のつながりが結実したことにはなるが、このことを権力者たちが何う見るかということがふと気になった。

「無事に育ちますように」

そう祈る心で、背後のあらゆる不幸をふり払って、ひたすら念願なさる。

幼いひとを胸に抱いている方子さまの姿は、そのような邪気もなく愛《いと》わしいものであった。

京城では、王孫が生れた報せに、早く早くと、帰宮をせいていられる。

王世子さまも、可愛い幼君を早く兄陛下にお見せしたい気持になった。

が、帰鮮の許可が下るまでには、また一年ほどかかった。

四月の末になって、旅のお仕度を終えた方子さまは、梨本宮家へお別れに上った。

と、伊都子さまが、

「ほんとうは、あたくしは、あなたの朝鮮行に反対ですよ」

と、いわれる。

「あたくしは、行ってみたいの。晋《しん》ちゃんの血にはあちらの歴史が流れていますもの。早く見せて上げたい気がするんです」

方子さまは、無心にいわれる。

「でも、あちらの方は、このひとを、あたしたちほど喜ばないのじゃないかと思ってね」

「そんなことはありませんわ。兄陛下から、早く帰れ、早く来てくれって、矢の催促《さいそく》ですもの」

「ほんとに、そういうお気持ちかしら」

「え！　ほんとにそうでいらっしゃるのよ。あたくしにも早く会いたいって……」

と、愛情をこめてよこしたお手紙の文章をいってきかせる。

「それだといいんですけどね。それにしても、ことばも通じないし、習慣も違っていますのに……」

「あたくし朝鮮語を教わったんですのよ」

「いつ？」

「ずっと前から、殿下から習って、簡単なことはお話出来るわ」

「そう？　とにかく気をつけて下さいね」

と、伊都子さまは、なお心細がった。

2

その心細いお気持を、方子さまは、京城に来て、はっと気がついた。

宮殿の造りや室内の調度品は、東京の古い建物を見ただけでは、さほど役に立たない程違っている。洋式の室を除いては、ほとんどが珍しいものばかりで、朝晩運ばれる食膳の取扱さえまごつくことが多い。

昌徳宮の兄陛下と皇后さまは、手をとらんばかりにして喜ばれた。けれどもかねて聞かされた通り、王世子さまは龍袍《りゅうほう》、方子さまは御衣《ぎょい》に花冠《はなかんむり》という荘重な装《よそお》いで、大造殿でご対面の式があり、王祖の宗廟《そうびょう》に参詣したり、そういう儀式だけでも、ぐったりと疲れてしまった。

日本の宮中の祭儀に似ていて相通じるところが多いようであったが、それを一段と固苦しい形式でからめたような儀式は、方子さまの心身を疲労させるに充分である。

夜、御寝所《しんしょ》のある石造殿へもどると、ほっとされた。けれども、

「妃殿下！　あたくし、気味が悪うございますの」

と、侍女の中山が、疲れて、黄いろく萎《しな》びた顔でいった。

「なにが気味悪いの？　そんな失礼なことを申すものではありません」

「はい。ことばが過ぎました。でも、きょうのおひる、殿下が宗廟《そうびょう》とかへお出かけになったおるすに、晋殿下をお抱き申して、お廊下に佇《たたず》んでいましたら、こちらの宮女が四五人、どや〳〵とやってきて、何かわけのわからないことばでいって、いきなり抱きとって、いってしまいましたのよ」

「可愛いから抱かせて下さいなというのでしょう」

と、方子さまは、傍らにすや〳〵とやすんでいられる幼い顔を見られた。

「そうだったかも知れません。ですけれど、礼儀作法が違うせいか、何か、だしぬけで、荒いんですの。そして、いく時間たっても、帰って見えないので、あたくし、とうとう牡丹《ぼたん》のあるお庭先から、秘苑の中を、あちらこちらさ迷いながらさがしましたわ。誘拐《ゆうかい》されたのかと、あたくし気が気でなくて、ほんとに、どうしようかと……」

と、中山はわッと泣き出してしまった。

「そんなに永くだったの？」

「は！　お乳をさし上げる時間がとっくに過ぎましたのに、帰って来ないんですの。おなかをおすかしになって、泣いていられるお声が耳に聞えるようで、あたくしは、もう心がしびれる位……」

「それで、どうしたの」

「太極亭《たいきょくてい》とか申す亭までいきましたら、そこに宮女たちがきゃっ〳〵騒いで居りますのよ。はっとかけつけましたら、おっぱいのある女のひとの乳を吸わしているんですの。あたくし、もうかッとなりまして、さっと晋殿下《しんでんか》をお抱きとり申して、かけてかえりましたけど……」

「そう？」

方子《まさこ》さまは、疑惑《ぎわく》につつまれようとする心を、

「まさか！」

と打消そうとなさる。

きょう宗廟《そうびょう》に参礼する時、お傍で式次第を御前導申していた宮女の元衫《げんさん》の姿を想い出した。淑やかで静かで、おっとりしていて、その穏《おだや》かな心に棘《とげ》があろうとは思われない。

「おことばが通じないからです。そう騒ぐことはありません」

と、中山をたしなめられた。

悲涙《ひるい》の女王

1

けれども、中山は、宮女たちの異常な振舞《ふるまい》を三度ほどつづけてこう申し上げる。

「ここの石造殿へは、宮女が来る筈もないと安心していましたら、お昼にあちらのお部屋に、若い二十二三歳の宮女の方が、ぼんやり立っているんですの。あたくしはっとしまして、亡霊《ぼうれい》かと思いましたわ」

「…………」

「あちらのご殿は、咸寧殿《かんねいでん》と申すのでございますか。ここにおいでの太皇帝さまがおかくれあそばしてからは住む人もなく、がらんと空家になっていたのでございましょうね。何かこう陰気で、鬼気《きき》迫る気がしますの。晋《しん》さまをお抱き申して、あちらのお庭先までいきまして、牡丹《ぼたん》のお花の蕾《つぼみ》を見てましたの。そしたらそこのお廊下に、真白い人の影！　いつ現れたのか足音もなく来て、じっとこちらを見ていまして、あたくしと眼が合いましたら、にっこりして、手をさしのべて、晋《しん》さまを抱かせてって、かっこうでしたの。あたくしもう、肝《きも》がつぶれるような気がしまして……」

「…………」

方子さまは、連日のお忙しい行事で、疲れたせいもあってか、中山侍女のことばに、ぞっと背すじが寒くなるような気がした。

中山のことばが大げさなのでしょうと思われたり、まさか、そのような……と、ご自分を慰めたりなさる。

と、ある日、そろ〳〵もう東京に帰還なさる日も近づいて、また長い旅の仕度にとりかからねばならないことを、侍女に申したら、

「ま！　よかった！」

と中山はほっとして、

「殿下を驚かせては申しわけないと黙《だま》っていましたけど、きょうの夕方にも、いつかの年の若い宮女が、石段の下まで来て、わたくしと顔が合いましたら、はっとして立ちすくみましたの。きっとよくないことが起きますわ。あさってはもうここを発ちますのね。今夜と明晩、二日、気をつければよろしいんですのね」

と、小躍りして喜んだ。

方子さまは、そのことを王世子さまに申上げようかと思ったこともある。けれども、何か〻〻〻〻はしたない気がして、心の中で打消していられたのである。

それだけ、大ぜいご親戚《しんせき》の方と会ったり、公式のお席に招かれたり、忙しくていらして、夜もおそくまで、兄陛下のおそばにいらっしゃる王世子さまも、かなりお疲れのご様子であられた。

「方子！　何か不慣《ふな》れで困ることがあったら、わたくしにいって下さいよ」

と、王世子さまは、お顔が合うと、いわれた。

「はい！　でも何でもありませんわ。自分のお家ですもの！　誰方にも遠慮なく振舞えますわ」

異郷《いきょう》でのいろ〳〵な心労をしているであろう方子さまを、いたわるそのご心情がありがたくて、

と、お心を慰めて上げる。

「そう？　それだといいけどね！　実は、二人だけで、秘苑を歩いたり、博物館を見たり、いろ〳〵説明したいこともあったが、今度は行事が多くて、どうもそんなひまはなさそうだね」

「この次来た時に、ゆっくり見ますわ」

と、心和かに過されるのである。

2

八日の夜。あすは愈々東京へ帰るのだと、ご旅装《りょそう》を整えて、十時頃ご寝所に入られた。その前に、晋さまに、お乳を上げ、ね入った姿を見届ける。忙しくして、乳母にまかせきりだったのに、とてもお丈夫で、可愛い笑いを見せたりなさった晋さまの寝顔に頬《ほお》をよせて、

「おやすみ！　あすは東京に帰りますのよ」

と、いわれたりした。

どの位眠ったのであろうか。うとうとしたと思ったら、女の叫び声で、はっと眼がさめた。

「殿下《でんか》！　晋《しん》さまが！」

という慌しいことばに、方子さまは、おとなりの部屋に急いでいった。

「ま！」

晋《しん》さまの小さいお顔が、青ざめて、苦しそうな息をしている。

「どうなされたのでしょう？」

「今さっきから、お苦しそうにして、吐かれたのでございます」

「晋ちゃん！」

方子さまは、少し大きいお声でよばれた。

晋さまは、お眼を開けて、じっと方子さまを見る。ああ、けれども、その眼にはもう生気となく、おたあさまだとわかると、にっこり笑われるのに、何らの反応《はんのう》もなさそう。

そして、胃《い》からこみ上るものを、小さい口から、どっと吐き出す。顎《あご》の下にあてたガーゼに流れて、忽ちしぼるよう。違うガーゼを当てても、すぐにまたぬれてしまう。

方子さまは、しっかと晋さまを抱き上げた。眼はぼうと開いたまま、荒い息に胸が大きく揺《ゆ》れる。

薄い唇《くちびる》が青く干からびて、絶えず何かを求める。方子さまはご自分のお乳首をふくませる。はっと吸いついて二度三度吸いこまれたが、すぐに力もなくはなす。そして、黄色い水をどっと上げた。上ってくるその水のために、息がつまって、真青に顔をしかめる。

「晋ちゃん、晋ちゃん」

方子さまは、ご自分も息を止めて、はアと吐き、代って上げたい気持に苦しまれた。

王世子さまが来られて、憂わしそうに、お傍に控えている。出たり入ったりして、慌てる櫻井や中山も、生きた心持はなさそうだ。

侍医《じい》が来た。診察《しんさつ》は型通りにすすむ。が、首をかしげて、原因はわからないという。

「胃をおいためになったようでございますから――」

そういうのがせいぜいだ。

ほかの侍医がくる。国手だといわれる医博が来る。大ぜいで研究するのだが、すぐにはどうという判断もつかなかった。

方子さまは、晋さまと御居間へうつられた。どうにかしてお薬をのませたいと思うのだが、さじで口をぬらすきり、すぐに上ってきてしまう。

こうやって、二日二晩過ぎた。

「あなたのからだが持たない。少しやすまれなさい」

王世子さまはおっしゃってくれる。

「いいえ！　晋ちゃんと一しょに居とうございます」

方子さまは強くそうお答えした。

今にも、この瞬間にも、晋さまがぱっと力のある眼をして、にこにこしてくれることを祈る。

（ここに、晋ちゃんをおいていくのはいやだわ）

方子さまは、そう思って、心を千々に切る。

赤肌《あかはだ》の山！

（その土の中に、晋ちゃんを埋めていく）

「いやです。いやです。晋ちゃん、どうか、なおってね」

と、櫻井が入ってきて、こそっと囁《ささや》く。

「お乳の瓶《びん》を、大学に持って行って、検査しましたら、毒物《どくぶつ》が入っていたそうでございます」

はっと驚いたが、

「そんなお話ききたくありません」

と、強くおっしゃって、じっと晋さまの顔を見つめる。眼をとじて、細い息をしている幼い顔に、

（あなたは不幸な生れでしたのね！　どうして、宮女に怨《うら》まれましたの！　普通の方に生まれて居れば、こんなこともなくてすみましたのにね！　折角生まれてきた甲斐もなく、可哀想なあなた！）

と、詫《わ》びられる。

けれども、苦しまれる晋さまには、何の足しにもならない。

ただ、そう思う方子さまご自身堪えられない悲しみを覚えるだけである。

ふと伊都子さまのお顔が見えた。

「やっぱり……」

けれども、その考えを払いのけて、そうでない方を考えようとなさる。不吉《ふきつ》な、不幸なことを、考えまいとしても、青い顔をした晋さまの苦しい息が、それを許さないのだ。

(歴史を背負ったあなただったのね)

しかも、その歴史の何と凄惨《せいさん》な結末となるのであろう。

「あなたの知らない、あなたには身に覚えがなかったのねえ」

血が、それ程にも、難しい問題を持っているのであろうか。

(日本の血が、この王室に流れるのが、どうしていけないのでしょう?)

(どうして怨まれるようなことを、日本の偉い人はしてしまったのでしょう?)

王室に立てこもった怨恨の靄《もや》が眼に見えてくる。

(ああ! 恐ろしい)

方子さまは、晋さまを腕にして、ベッドの上に横になった。電灯の周りを小さい虫がとび交うている。

「あの虫の世界にも、隠謀や怨恨や復讐《ふくしゅう》があるのでしょうか」

ああ、いやだ！　そのような人間の世界はきらいだ。

「でも、晋ちゃん！　あなたは生きるのよ。おたあさまもあなたも、ただの人間なのよ。誰にも怨まれずに静かに生きましょうね」

ほんとにそういうつつましい生《せい》がいとなみたい。

すやすやと可愛い寝息が聞える。

「おくすりが効《き》いたのね」

ほっとして、方子さまは、枕を顔におあてになった。

連日の疲れが、どっとからだを襲《おそ》う。夢も見ない数瞬《すうしゅん》の眠り。

はっと眼がさめる。

もしか？　と、晋さまの顔を見る。小さいおむつの下に入れた腕がひんやりする。

「ま！」

晋ちゃんとつづけて呼ぶ。ぱっと眼を開けて、にっこりしたように見える。けれども、小さく、プスンというような音を立てて、そっと眼をとじた。

「晋ちゃん。晋ちゃん」

方子さまは、小さい頬に手を当てて、はげしくゆすぶってみる。ベッドから下りて、抱っこして歩いてもみる。

「ま！」

方子さまは叫んで、ベッドに身を投げた。

「晋ちゃん！　いったのね。とう〳〵いってしまったのね。おたあさまを、ここへおいて、いってしまったのね」

赤土の松林の中にぽつんと小さいお墓になる晋さま！

「晋ちゃん！　いやよ！　いやですよ！　とうとう、とうとう、あなたは……」

方子さまは、蝋《ろう》のようになった小さい頬にご自分の顔を押し当てた。そして、

「いったの？　ほんとにいったの？」と、泣きつづける。

その声に、王世子さまがかけて来られる。櫻井と中山たちがはせつける。

方子さまは、どなたの顔も眼に入らなかった。奥深く、幽遠《ゆうえん》な王室の中に立てこもった青い靄《もや》が、ふわっと方子さまの心に覆《おお》いかぶさるだけ。もう一度晋さまを見る。今にもにこっと笑いそうな顔！

「晋ちゃん！」

方子さまは、泣きつぶれた。お肩が、小きざみに、激しく震えつづける。

第三部　王城落月の巻

悲怨《ひえん》を越える

1

落照《らくしょう》がぱっと灯《とも》される。緩やかなスロープを描いた巨大な高原の向うに、針のように尖った奇怪な面相の峰が三つ聳《そび》えている。スロープに生い茂った秋草の間に、野菊が可憐に咲きこぼれている。黄や朱鷺《とき》や紫の花々を包む草の葉の緑りは滴《したた》るように濃い。

夢には色彩《しきさい》が無いはずなのに、と思いながら、方子さまは、さーっと峰の横合《よこあい》から射しこむ入日の紅の陽脚《ひあし》を見つめていられた。

静かだ！　そして何か寒々しい心に、いきなり戦慄《せんりつ》が通る。嗚呼《ああ》！　緑なす高原の向う、峰との間は奈落《ならく》の底だ。そこへ、赤児がよち〳〵と歩《ある》いていく。今にも、危く足を踏《ふ》み外しそう！

「晋ちゃん！」

方子さまは、必死に叫ばれる。

けれども、赤児は無関心に紅い入日に向って歩みつづける。一度ちらりとこちらを振り向いたので、あッ、助かると思ったのも束の間、そのまま断崖《だんがい》の縁へ歩んでいく。

「晋ちゃん！　晋ちゃん……」

晋ちゃんと連呼《れんこ》しながら駆けていたら、ぱっと眼がさめて、ああ、夢だったのかと思いながら、もう一度、晋ちゃんと呼ぶ。その最後の声は、はっきり耳に残って、恐怖《きょうふ》が心の底から蘇返《よみがえ》った。四年前のあの日の悲嘆！　怨めしそうに睨んで通るあちらの宮中の女官の眼と心。愛児を奪《うば》われた憎しみと怨みが、その女官を睨み返してやる。

「もう二度とあそこへは！」

そう思って過したこの四年！

とまた、土饅頭《どまんじゅう》の傍らに小さい野花が咲いた姿を心に描いて、墓参《はか》りに行ってやりたい気もする。

もし墓の前に立てば、あの日の悲しみそっくりの嘆きで、心は千々《ちぢ》に乱れることだろう。

清涼里《せいりょうり》の畔《ほとり》に送り出される晋殿下！　霊柩《れいきゅう》を安置した咸有齋《かんゆうさい》の祭場の中で、読経《どきょう》と焚香《ふんこう》の煙に包まれながら、永訣《えいけつ》の香《こう》を焚《た》いて、合掌した時、わッとこみ上る悲しみに、列び居る祭官《さいかん》や参列者の姿もぱっと消えて、ただひたすらに、晋殿下の幼い死顔が心に浮び、面やつれたお顔を伏せて、柩《ひつぎ》の上に倒れそうになるのを、そっと抱いて下さった王世子さまの手の暖かさ！

「方子！」

そっとささやいて、いたわり深く祭場から連れ出して下さった王世子さまのお心に、はっと、よりすがった方子さまは、御成婚以来初めてはっきりと王世子さまに愛情を覚えたことであった。

あの日に覚えたその愛情は、日に日に花が咲き実を結ぶ。恐しい怨恨を忘れるのもその愛あればこそ！

隣り合せた寝室におやすみの王世子さまのところへ、只今見た夢の物語をと一度は心が逸《はや》ったが、やはりそこは感じ方の違いなのだと、またはっとして、お床から抜け出たそのまま、御寝衣の上に外衣を羽織《はお》って、お廊下へ出られた。籐椅子《とういす》にふか〳〵とおからだを沈めれば、二月の暁のひんやりした空気が、きりりと身を包む。

お庭には紅梅《こうばい》が有明の月に幻のように霞んでいる。愛らしい梅を見ているお心にふと満開《まんかい》した桜が想い起こされた。元お住まいになっていられた鳥居坂の桜の御門よりの八重《やえ》はことのほか馥郁《ふくいく》として見ごとであった。

ふと、御成婚の日のことが心に映る。あの日は知らずに過したけれども、もしもあの爆弾《ばくだん》が車にあたったなれば？

記事解禁になって発表された新聞をよんだ時の驚き！　それは決して死を恐れたのではなかった。一人の死を以てしては償《つぐな》い切れない増悪が、今この邸の外にもうよ〳〵しているのだと思う悲しみ！

武断統治に見切りをつけて、文化政治をしにいった斎藤實が南大門駅に到着して、水野政務総監と駅を出たとたんに爆弾を投げつけたのはシベリアから潜入《せんにゅう》した姜宇圭《ぎょううけい》であった。田中義一がフィリッピン訪問を終えて上海に立寄った時、短銃《ピストル》で狙撃《そげき》したのも朝鮮の青年である。二重橋に投弾した金祉《きんし》燮《しょう》の極刑《きょくけい》につづいて、いやでも耳に眼にふれる陰謀事件に、どうして関心を持たないで居られようか。その中でもっとも心を傷めたのは、大震災の時の虐殺事件である。そうした血なまぐさい民族の暗闘をよそに、今眼の前の朧《おぼ》ろな風景はいとも静かだ。ふと、背中のほうに、

「方子！　どうして起きているの？」

という声。

はっとふり返って、王世子さまのふっくらしたお顔を見た方子さまは、胸がつまって、何もいえないでいるもどかしさに苦しんだ。

2

けれども、すぐに

「大へんきれいなものですから、眺めて居りましたの」

と、答えて、今さっきの夢のお話を申上げようかとためらう。

「秘苑《ひえん》の紅梅《こうばい》はあれより紅い。ずい分きれいなものだが、見たいものだ」

と遠く北の方へ心をおやりになる王世子さま！

(やはり、おくにを懐しんでいらっしゃる)

意識しないとはいえ、根強い本能が、お心に宿っているのであろうか。

こちらへいらしって、ほんの三度しかお帰りになれなかったことは何としてもお淋しいことであろう。この四年の間にも、

「晋ちゃんの墓参りにいってみたいね」

とおっしゃったことも幾度かあった。お気持ははっきりわかっていたけれども、その都度、方子さまは、黙って、いやとも応ともご返事をなさらなかった。

方子さまの心の中をお察しになってか、それからはついぞ帰省のことはお口から洩《も》れなかった。

秘苑の緋梅《ひばい》！　この御用邸のお庭よりはやはり昌慶苑《しょうけいえん》のお庭がお好きなようだ。それは、ここちらとは比較にならない位に規模は違うけれども。

「昌徳宮の兄陛下の御病気は如何あそばしましたでしょうか」

方子さまは、何か愁《うれ》わしげにお庭をじっと見つめていられる王世子さまに、ことばをおかけになった。

「大変悪いようだ」

ぽつんとそうお答えになって、なお庭へ眼をおやりになったまま視線を一つところに釘づけになさっていられる。それはお心だけそこになく遠く北の方へ行っている証拠《しょうこ》だ。

その重苦しいおことばの調子に、方子さまははっと眼がさめて、

「それではお見舞いに上らなくてはなりませんのでしょう」

といった。

「…………」

黙って返事をなさらないのが、かえって方子さまのそのことばに強く同意なさっていらっしゃることをはっきり感じさせる。

「危篤《きとく》になられてからでは、おそいのではございませんか」

重ねていうと、

「しかし、聖上もご不例《ふれい》の折だし、畏多いことです」

と王世子さまは答えた。

お脳の病いに苦しんで居られる聖上にお気兼の王世子さまを、

「聖上もこの頃はまた大分お気先がすぐれていらっしゃるとかうけたまわりましたし、きっとお喜びあそばすことでしょうから、一日も早く昌徳宮へお見舞いにお上りなさいませ。わたくしもご一しょにお供させて頂きとう存じます」

と、なぐさめるように、はげますように申上げる。

「方子が一しょにいってくれるなら、行って見ようか」

急にはればれしくなられた王世子さまは、そういって、

「兄陛下のご病気はどうも思わしくない。性のよくない宿患《しゅくかん》だし、恐らく助るまいと思います。母君にも、父陛下にも、ご臨終に間に合わなかった。今度だけは、わたしの手で看病がしたい。先のお二

方の分まで含めて。それだけ……」

と悩ましげにおっしゃって、はっと口をつぐまれる。

昌徳宮の兄陛下がおかくれあそばされれば、李朝の皇位はそれで最後になる。その後嗣《あとつぎ》のご自分がいらっしゃるけれども、李朝の正統の王ではないのだ。その悲しみが王世子さまの心にわッと盛り上ったけれども、それは方子さまにいわないほうがよさそうだと、口をつぐまれたのだ。

「わたしもそうして上げられればどんなに嬉しいか存じません。この頃はことばもいくらか出来ますし、きっとお慰め出来ると思いますの」

といって、方子さまは、あちらの陛下や皇后さまと団欒《だんらん》の時を過すことに心を向けられる。

「そうか！　兄陛下がどんなに喜ばれることだろう？　じゃ、行ってくれるか？」

と、ことのほかにお喜びになる王世子さまの今のおことばの、行ってくれるか、とおっしゃった調子の晴々しさに、方子さまは、はっと涙ぐんで、

「はい」

と、お答えしたまま、お顔を伏せられた。

王城の落日

1

そのお心は、昌徳宮の兄陛下のお傍に侍った時に、なお一層切ないものになった。三月一日に東京を発って、三日目に南大門駅に下り立った方子さまは、小学校児童の打ちふる旗の波に埋れて、見たところでは、四年前のあの日よりも遙かに日本化され、行き届いた治安の力に、街は平穏《へいおん》であり、明るかった。

けれども、敦化門《とんかもん》から一歩昌徳宮へ入られると、現世《うつしよ》からおきざりにされ、除けものにされたものの淋しさがひし〳〵と心に迫る。宏壮な仁政殿《じんせいでん》には人影もなく、威厳と豪華に飾られた龍床《りゅうしょう》は、古物館のように埃《ほこ》りっぽい。

寝台に横になられた兄陛下は、黄いろいむくみが玉体にあふれて、王世子さまを見るや、

「ああーあ、来たか」

と、長い溜息《ためいき》に、火がついて燃えるようにおっしゃって、御手だけのばされる。その手をとった王世子さまが、

「兄《ソン》グニムマーマ！」

と、膝《ひざ》を折って、涙ぐめば、

「会いたかった」

と仰せられて、大粒の涙をはらはらと落される陛下のお顔にあふれる悲しみと苦悶の情の何と深刻《しんこく》なことであろう。

しばしはお二方共おことばもなく、ただ涙に咽《むせ》ぶだけ！　喜びと哀しみの表現の飾《かざ》りなさ。日本の皇族の方々とそういう違いのあるのを見て、一つ勉強になった気もしたが、それよりも、どうしてもっと早く来てあげなかったのかと、方子さまは凡ての責任がご自分にあったような気がしてならなかった。王世子さまを、成るべく朝鮮にお帰し申さないよう、そして絶対に朝鮮人に接近する機会をお与えにならないように、それを一つの政策にしている関係当局の肚《はら》は、方子さまもおい〳〵お気づきになっていられる。

それをご自分がそうしたような錯覚《さっかく》に陥って、御兄弟の悲歎に暮れたお姿を眺めていられた。

（こんなにもお帰りになりたかったのに――）

なぜそれをそうだと仰って下《くだ》さらなかったのでしょう、と、涙ぐんで、静かに兄陛下の寝台のお傍によっていって、拝礼をしたら、

「おう！」

と、兄陛下は、王世子さまの手をにぎっていられた御手を上げて、何か合図のようにおふりになって、

「遠いところを！　遠いところを！」

と仰せられる。喜びにあふれ、感動にみち、いたわり深げなそのお顔に、方子さまは、

「兄陛下！　こんなにもお悪いのを存じませんで……」

あとは涙に咽《むせ》び、後悔に血ぬられて、わッと泣かれる。飾りを捨てたその裸涙《はだかなみだ》に、

「妃殿下！　ありがたい、ほんとにありがたいことです」

と、陛下は嗚咽《おえつ》した。

そのお顔とおことばには、心からなる感謝がこもり、裸になった人間同志の心に通うものだけとなった。

「ご容体如何ですの？　もう峠はお越しあそばされたのでしょうね」

やがて、方子さまは、典医《てんい》の岩淵友次《いわぶちともつぐ》を顧みられる。

岩淵は沈痛な面持で、お答え申上げる。

「は！　御心臓が肥大しました上に、胃腸が衰弱していらっしゃいますが、御慎重《ごしんちょう》にご闘病あそばしますので、何事もなくご恢復かと存上げます」

けれども、その顔には自信もなく、ここ数日徹宵《てっしょう》して御看病申上げているので疲労のいろは濃かった。それを聞し召されて、

「岩淵！　さがってやすむがよい！　そちもからだが持たないであろう」

と、陛下は仰せられた。

「はい」

岩淵は、はッと涙ぐんで、口をもぐ〳〵させる。聖恩に感じ、自分の医術では何うにもならない位置が、岩淵博士の心を千切《ちぎ》らせた。

「妃殿下！」

陛下は、思い切った風に、方子さまを見られる。何かたのみごとのあるい思いを込めた眼差《まなざ》しである。

方子さまは、陛下のおそばにもう少し近よった。

「徳恵姫《とくけいき》を東京にやれと総督がすすめて居ますので……」

やっとこれまで仰せられて、息苦しく喘《あえ》がれる。

「徳恵公主《とくけいこうしゅ》を東京へでございますか」

王世子さまが、驚いたようにきかれる。

「そう！」

皇后尹妃《こうごういんひ》さまとの間には、今年小学校をご卒業なさるただお一人《ひとり》の内親王、お二方の御寵愛《ごちょうあい》はいわずと知れたこと。そして、もし玉体に異変事が起きれば、尹妃《いんひ》さまには二人とはないお身寄なのに。

王世子さまは、ご自分の渡日当時の事情をお考えになる。

（徳恵姫まで日本につれていかなくても……）

と、ご不満が心に溢れた。

けれども、兄陛下は、

「別れるのは辛いことだが、妃殿下の膝下に行くのだと、安心して居ります」

と、諦《あきら》め深く仰せられる。

「兄陛下！　どうかご安心下さいませ。わたくしの心のかぎりを尽しまして、決してお淋しい思いはさせません」

方子さまは、何う慰めたらよいか、その最良のことばを選ぶのにお困りになった。

2

そのお気持は、尹妃《いんひ》さまとお二人だけになった時に尚切なく心に迫る。

「陛下はもう恢復《かいふく》のお見込みはありません。ただ一人の内親王を遠く東京へやるのは、身を切る思いです」

と、尹妃《いんひ》さまはいわれて、方子さまの前でお泣きになった。

方子さまは、お慰めするおことばもなく、傍らに居られる徳恵姫に、

「お母さまのおそばをお離れになるのはお幸いでしょうね」

と、いわないでは居れなかった。

「辛いと思います」

徳恵姫は、じっと方子さまを見つめて、そういったが、

「でも、東京で勉強したい気も致します」

と、つけ加えた。

こうした時の方子さまのお心に波打ってくるご感想は複雑で、苦しい。いろ〳〵な拘《こだわ》りが渦《うず》を巻いて、素直な気持ちで居れなくする。外部の政治力がこのようにも私的な生活を許さないのだ。

その夜、方子さまは、侍女もつれず只お一人でお庭に下りられた。晋さまの墓参にもいけないほど忙しく過されたここ数日！　兄陛下のご容体が少しでも良い方に向われれば、と機会を待って居られるけれども、そう思うことすら不謹慎《ふきんしん》なようなこの頃！

やや面《おも》やつれしたお顔には、微熱《びねつ》もあるのか、ぽうと眼がかすむ。

冬ごもったまま、新しく芽を吹くために、一生けんめいな努力をしているらしいお庭の樹々の装《よそお》いは、三日月の淡い影に何か凄惨《せいさん》だ。

亭《ちん》から丘へ！　温室のある窪みから小鳥の網がこいへ、ほとんど何のお考えもなく歩みをうつして居られると、ふいに虎のいななきがした。はっと立止まると、そこの松の茂みの中に虎の檻《おり》がある。

「まア！」

方子さまは、その檻の前に、そっと近づいた。遠眼ほどには猛々《あらあら》しくもなく、埃《ほこ》りっぽい毛なみの、大きく見開いた瞳にも何か生気が乏しい。

ふと病んでいられる兄陛下のお姿が心に浮ぶ！　それを、あッと払いのけて、歩みをつづけると、うしろで、

「妃殿下！」

と、おいすがる声。

御用掛の三浦が慌てふためいて、

「まア、危うございますのに、お一人でお出で遊ばして……」

そのことばの底に渦巻《うずま》く心を見抜いて、

「こちらの女官はみんな温順しくなっています」

と方子さまは答えた。

「ではございますが……」

三浦は面長の顔に警戒のいろを湛える。

「あの時とは比べものにならない位に、みんな力がありません。数も減らされて、お気の毒です」

方子さまは、そう仰っしゃって、三角山のきり立った峰を眺める。遙か彼方に上弦《じょうげん》の月が悲しく、どす黒い雲の間から光っている。人気のない古城《こじょう》のほとりで、残月を眺める淋しさそのまま！

（兄陛下がおかくれあそばされれば、この王宮は廃墟《はいきょ》も同様……）

と思われて、哀愁《あいしゅう》がべっとりとお心を塗りたくる。

方子さまのこのお心を、御用掛三浦夫人はまだ理解していない。ただおろ〳〵して、早く〳〵と心はせき立つばかり。と、また後方から、いそ〳〵と近よる人影！

「妃殿下！　陛下のご臨終でございます」

声は鏑木侍女《かぶらぎじじょ》であった。そのうしろにこちらの女官の白い裳《もすそ》の姿がある。

「…………」

方子さまは、はっとなされて、兄陛下の居られる孝寧殿《こうねいでん》へ急がれた。

裸の心

1

方子さまは、敦化門《とんかもん》の外にひれ伏して慟哭《どうこく》している民草の姿を見てきた三浦の話をきいて、ふと明治天皇崩御の折の二重橋前の光景を思い出した。けれども、三浦が、

「それがただの悲しみでなく、怨めしい姿でございました。大地を掌《てのひら》でこうぴしぴしと叩くのでございますよ。掌《てのひら》に血がにじむのが見えました」

というのは、やはり亡国の怨《うら》みとその最後の皇帝を亡くした悲哀のせいであろうか。

そして王宮内に一層切なく垂《た》れこめた愁気《しゅうき》に、方子さまはほとんど息づまるばかりであった。女官達の哭《な》き声と、尹妃《いんひ》さまの悲歎には何ともお慰め申上げる術《すべ》もなく、言葉の不如意《ふにょい》なこととて、ほとんど傍観《ぼうかん》の形となった。悲哀の表現が大げさで、形式の整ったお葬《とむら》いではあったけれど、その底には何かもう一つ重苦しい怨愁《えんしゅう》が溢れていたのである。

秘苑から駈けつけた時には、兄陛下はまだ意識が鮮明であらっしゃった。けれども、明け方近くになって、ふいにお眼をつぶられ、呼吸も遠くなりながら、王世子さまをお傍によびよせられて、

「あとを、あとのことを……」

と、かぼそく仰せられる。

「はい。お心残りあそばしませんように……」

と王世子さまは、固くお手を握って、お耳元にお口をよせて大きな声でお答えすると、

「たのむ」

と肯《うなず》かれる。

その時、李恒九侯爵《りこうくこうしゃく》が、ご臨終前に是非申上げたいことがありますと申出た。その侍従のことばを王世子さまがお耳元で囁《ささや》かれると、ぱっとお眼をお開きになって、

「不愉快じゃ」

と一言仰せられる。

先年亡くなった李完用のことを今も尚怨んでいられて、その子息の李恒九が宮中に出入りするのさえ苦々しくお考えになられた。しかもその李恒九を、総督府は陛下の側近に無理に侍らせていたのである。それを日頃はお口にもお出しにならなかったのに、今はの際に、大きくはっきり、

「不愉快じゃ」

と、ご表現なさったのであろう。

宋秉畯も李完用も今はもうこの世に居ない。小賢《こざか》しい才智と一身一家の栄華《えいが》のために、国を売り、

王宮を廃墟に導いた罪を、その二人は地下でどのように感じているのであろうか。

「民は、怨《うら》んでいるであろうね」

しばらくたってまたこう仰せられる。それをはっきりきいた方子さまは、とうとうその場に居たたまれなくなって、お席を外《はず》した。

尹妃さまのご座所に伺うと、

「日本の官吏は神経がこまかい。一々宮中のことに口ばしを入れて、陛下のご晩年は、幽閉《ゆうへい》されたよりも苦しかったのです」

と、怨み事をきかされる。

女官を減らし、歳費を削《けず》って、王祖の霊に事える祭祀《さいし》まで干渉する。侍従の任免すら陛下のご意志では自由に出来ず、毎木曜日に集合する貴族会の人員も、総督府側で決めるという始末であった。

方子さまは、尹妃さまのお手をとって、

「お苦しみのほどお察し申します」

と申上げないでは居れなかった。

その時、宮女がかけてきて、

「陛下が、おかくれあそばしました」

というなり哭《な》き伏した。

尹妃さまは、ご座から崩れ落ちて、泣くことも出来ない。

方子さまは、尹妃さまを助け起して、兄陛下のご病室へおつれ申した。

王世子さまが、泣きはらしたお顔で、方子さまのほうを見られた。方子さまは、それへ、

「おいたましうございます」

とお心をやる。

尹妃さまは、陛下のお顔の上にかぶせたベールをはいで、じっと見つめられる。と、激しい嗚咽《おえつ》が王妃さまの全身をわな〳〵とふるわせた。けれども、侍医たちの居る前、さすがにお気をおとりもどしになり、哭礼《こくれい》をなさって、永訣《えいけつ》をすまされた。

つづいて方子さまが、兄陛下の前に進まれる。青くむくんだお顔が、静かに、穏かに眠っていられる。ただ一すじ眉の間に現れた太い皺《しわ》に、限り無い憂愁《ゆうしゅう》がひそんでいる。

方子さまは、失意の中に過されたご晩年を想って、悲しみがほとばしった。そして「哀号《あいごう》〳〵」と哭するお礼のお声も自ら悲哀の情に濡《ぬ》れるのであった。異郷に居る淋しさも、違う習慣を行う拘りも消えて、亡くなられた方の御身上に心からなる御同情を注ぐのであった。

そういう立ち去り難く哭礼《こくれい》を行う方子さまの背に、やさしく手がかかって、

「方子！　太妃さまを奥へお助け申しなさい」

といって下さる方！

「はい」

方子さまは、ベールのお顔の上にもどして、静かにおそばを離れ、生気もなく、今にも倒れそうな王妃さまを擁《よう》して、内室へ遠ざかった。

2

国葬は凡て朝鮮の儀式ですすめることになった。太皇帝の国葬の時に、日本風にすべしという浅墓《あさはか》な官僚の指図でお葬式を進めたために、朝鮮側重臣の不参加という不祥事《ふしょうじ》が生じたのに鑑《かんが》みて、今回は諸事朝鮮式で差支《さしつかえ》なしということになった。

方子さまも素衣麻帯《そいまたい》で、喪《も》に服した。啓殯奠《けいひんてん》、祖奠《そてん》、遣奠《けんてん》とつづく儀式にも、とどこおりなく列《つらな》り、ご発引《はついん》の時には、敦化門《とんかもん》外まで、太妃さまと大輿《みこし》をお見送りした。喪輿《みこし》をかついだ人々の哀しげな喪歌《そうか》が、御門から遠ざかるにつれて、太妃さまのおからだのふるえは、激しく引きつれたようになった。お腰に手を廻して、太妃さまを擁している方子さまは、太妃さまの心を襲ったその悲しみの姿をはっきり感じて、ご自分もまた堪らなくおなりのまま、あッと息がつまり、どっと流れるお涙をそのままお泣きになった。亡びゆくものの悲哀に没しきった方子さまは、その悲しみからにじみ出る怨みを十分に理解なされたわけである。

「太妃さま！」

方子さまは、そうお声をかけて、泣きくずれたままに消えておなくなりになりそうな太妃さまを助け起こすようにして、そうお声をかけた。

「いつまでも、いつまでも……」

と、太妃さまは、哭声に浸《ひた》ってそう仰っしゃる。

嗚呼《ああ》！　永訣の悲しみこそいつまでも尽きせぬものを！　お泣きあそばされる太妃さまをお慰め申すはずの方子さまは、かえってその悲しみの中に引きこまれて正体もなく泣きつづける。と、それを大ぜいの宮女が、口々にお慰め申して、やっとこの宮中へお導き申上げるのであった。

大輿《みこし》は訓練院の永訣場でお式をあげ、金谷に到って、御陵に奉安申上げるまでの式次第が行われる。

方子さまは、ほとんど太妃さまのおそばにつききりであったが、返魂《へんこん》が魂殿《こんでん》に御着なさったあと、御居間に退かれた。

お一人になると連日の疲れがどっとおからだを襲った。喪服のまま、方子さまは寝台に伏せて仮寝をなさった。表ての御座所で、まだお忙しくしていらっしゃる垠殿下を想うて、眠りかけては醒め、醒めて居ようと思いながら眠りに落ちて、うつら〳〵していると、そこの入口に物音もなく現れた素《そ》衣《い》の女！

「あ！」

と驚いて、声を出そうと思うけれどもそれは声にもならず、手足も痺《しび》れて何うなさることも出来ない。

浅黄いろの素服《そふく》のその女のひとが俯向《うつむ》いて空気のように音もなく控《ひか》えているのがせめてものお慰めといおうか。

「どなた?」

やがて、ふりしぼるように力をお出しになった方子さまがそう声をかける。

けれども、その女はまだ眼を伏せたまま、生えたようにじっとしている。

「何のご用なの?」

多分見知らぬ宮女の一人なのか? とまた話しかける。数も減って僅か十数人になった宮女の顔は大抵覚えた筈なのに!

と、女がきりっとした面持を上げて、じっと方子さまを見つめる。その眼差《まなざし》の鋭く毒々しいことよ!

方子さまは、ぎょっとおからだがすくんだが、

「なにを!」

と思われて、その女を見返して、

「何の用か、申してよいのです」

と、仰しゃる。

「わたくしはあなたを怨んでいたのです」

その女は太々しく口をゆがめていった。

「え？」

と驚かれたが、再び平然とおなりになって、

「あなたに怨まれる覚えはありません」

とお返事なされる。

「いいえ！　あるのです。英親王さまを人質にし、太皇帝を毒殺して国を奪っておきながら、盗人《ぬすっと》たけだけしく、よくも……」

「…………」

「そして英親王さまの許婚者をアメリカに追ったあなたを……」

「え？」

「怨み憎み、あなたの血を亨けた王子にこの王宮の後つぎになってもらいたくなかったのです」

「わかりました。晋ちゃんに毒をのませたのはあなたですね」

「そうです。わたくしです」

「まア！」

「けれども、只今は後悔して居ります。妃殿下がお心からわが王室のために悲しまれてお泣きになっ

たお心、そのお姿にわたくしは感じ入りました。民族の区別や民族の憎しみがこの世にあるのを、わたくしは悲しく思います。人間はそのことのために、よけいな苦労をするのでございます。わたくしは、殿下にあやまりに上りました」

「あなたはどなたの？」

「元、ここの宮女でございます」

「どこから、来たの？」

「あの世から参りました。皇帝陛下にいわれて、やってきたのでございます」

「ま！」

はっと胸がつまり息が苦しい。

と、暖い手で

「方子！　方子！」

とたたいている。

はっと眼がさめた。垠殿下《ぎんでんか》のお顔がそこにある。

「あッ！」

と叫ばれて、その胸にとびついて顔を埋める。まだそこに見知らぬ女が居そうな気がして、垠殿下の胸から顔を上げることが出来ない。

「疲れているのだね！　うなされてるのは、心の疲れから来る。去り難いが早く東京に帰ろう」

「…………」

「あす晋ちゃんの墓参にいって、祭儀がすみ次第帰りたい」

方子さまは、やっと垠殿下から離れて、そっと入口のほうを見とれる。クリーム色に塗装《とそう》したドアが電灯に光っているだけ、そこには女の影はなかった。

「東京に帰ったら、すぐに渡欧《とおう》しよう。遠いところへいって、乱れた心を安めて来たい」

「…………」

方子さまは、晋殿下の御心中を察して、黙っていられる。

乱れがちなお心！　それは方子さまのほかに理解出来る方は居ないのである。

「ご洋行は、うれしうございます」

と、方子さまはおことば少なに申し上げる。

渡欧まで

1

昌徳宮皇帝のあとをついで、王位にのぼられて李王殿下となられたものの、今まで兄陛下が荷われていらっしゃったいろいろな重荷を背負《せお》い、しかも一段と日本の皇族の圏内《けんない》に引込まれた形の垠殿下の日本の於ける御位置は益々ややこしいものとなった。

方子さまもまた李王妃殿下と、王妃とおなりになったけれども、朝鮮の王妃にして然らずという妙なめぐり合わせに逢着《ほうちゃく》されて、王世子妃で過せた今までの方が、どんなに気安かったか知れないのである。

垠殿下のご渡欧のことが表て向きになった時、日鮮両方から反対論が出たのがその一つの現れである。

朝鮮側の李埼溶子爵《りきようししゃく》の反対理由はこうだ。

「殿下が外国に行かれまして、もし先方がわが朝鮮の国王としてご待遇申上げた場合、日本側が面白く思わないでしょうし、そうかといって純粋《じゅんすい》の日本の皇族でもないのですから、結局冷たくあしらわれるのかと存じます故……」

これに対して垠殿下は不愉快な面持でこう答えられた。

「わたくしは王としていくのでなく、人間としていくのだよ。どんな待遇を受けても構わん」

李王職属託の篠田治策博士は、垠殿下に直かに申上げにくいので、

「外国が、日本に対する認識不足から、プリンス・オブ・リーを、プリンス・オブ・コリーアとして騒ぎ立てるかも知れず、万一、朝鮮皇帝だなどと間違った事態にもなりかねませんしねえ」

と、梨本宮家を通じて、ご洋行中止を建議した。

古来、朝鮮国王は、一里の外に出でずという宮中の不文律《ふぶんりつ》がある。それを昌徳宮陛下が、伊藤博文の進言に従って、西北ご視察をなさり、寺内の強引な術策《じゅつさく》に負けて、東京にもお出でになったのだから、垠殿下のご洋行を、そのことでお止めすることは出来ない。けれども、波濤《はとう》万里の彼方の国々へ御駕《ぎょが》をおすすめになるのだから、朝鮮の宮中府中の建国以来の大事件として、その騒ぎは意外に大きく、昌徳宮皇帝御崩御後の大きな内憂ともなりかねないのである。

方子さまは、そういう周りの情勢の煩瑣《はんさ》に堪えかねて、

「お止めになったら?」

と申上げないでは居られなかった。

「いや、行くことにする」

何事も側近のおすすめに「あ、そうか」と穏やかに従われる東宮殿下にして、御意志は強かった。その中、大正天皇御不例となり、葉山ご動座《どうざ》となった。お見舞いに上った東宮殿下は、聖上の案外なご重態なのを拝して、

「畏多いことだ！　洋行は一時中止だ」

と、仰しゃるようになった。

摂政宮裕仁親王が難波大助に狙撃された時にお見舞いに上ってから親しくなられた東宮殿下は、聖上御不例のことでもお慰めに上った。

「この頃ゴルフは如何ですか」

と、摂政宮は柔いお声で仰せられる。

「摂政宮がお出でにならないので、新宿御苑には足が遠くなりました」

東宮殿下は答えた。

舎人《とねり》をお供に、ゴルフに興じられる摂政宮さまとは、技量伯仲《ぎりょうはくちゅう》のよいお相手であった。

「わたくしは植物の方を本気で始めました」

摂政宮がおっしゃった。

「それは結構でございますね。ご政務《せいむ》御多忙の折でございますが、趣味を持たれることは、気安めとなりましょうね」

「いや、学問的にやってみようと思うのですよ。垠殿下の蘭《らん》のご研究は相当おすすみですか」

「あ、いや！　わたしの方はほんの余技で、恥しい位です」

「実生《みしょう》をなさると聞きましたが、その中見せて下さい」

「まだ〳〵実生《みしょう》とまではいかないですよ。新種がつくれたらどんなにうれしいかと思うだけですが、新しい邸が出来たら、温室のいいのをつくりたいと思います」

「それはおたのしみですね。時に、ご洋行は何うなさりましたか」

「聖上御不例の折なので中止しました」

「そうですか。お気の毒です」

垠殿下はこのおことばに実に大きいお慰めを得られた気がした。御用邸に帰って、

「摂政宮さまはお忙しいご様子だった。わたくし達は安楽すぎる。不満は持つまいぞ」

と、方子さまにいわれて、笑顔をなさる。そのお顔がいつになく明るくおなりなのを見て、方子さまは、

（ま！　よかった）

と、ほっとなさった。

2

けれども、大正天皇崩御あそばされ、裕仁《ひろひと》親王の御践祚《ごせんそ》となった時、垠殿下はそぞろにお心が空虚《うつろ》

になられた。それが何んであるか、垠殿下はわかっていた。それに気がついた時に、

「あッ！」

と思われたのである。その驚きは大きい。大きいばかりでなく、ほんの一瞬の間に心にきらめいて消え去ったその謀反《むほん》を一瞬の中に忘れようとなさるご努力も並々ではなかった。

「やはり洋行しよう。朝鮮も日本も見えない遠くで、ゆっくり暮してみたい」

永遠にそうありたいと念ずるけれども、それが許されないならばせめて数年なりと。

「篠田君！　夏までには出発したい。あちらでどんな待遇を受けてもいいよ。わたしは王族としてでなく、人間李垠として行くよ」

「は！　おことば恐入ります。必ずご洋行は実現致すことと信じます」

御洋行中止派の一人だった篠田は、そう固くお答えした。周囲の事情がどうであろうと、垠殿下の御希望にそうよう取計らったほうがよいという勘《かん》に頼って、関係方面へ渡りをつけた。

「皇族の方々のご洋行が一寸多いような気がする」

と宮内省のある役人が冗談《じょうだん》まがいにいって、篠田の顔を見た。

聖上が未だ東宮にいらっしゃった頃のご洋行を始めとして、朝香、秩父の両宮殿下があちらへお出でになった。日本帝国の国勢が上昇期なので、訪ねられた先きでは、その都度かなり盛大な歓迎をしている。先方からも、たとえば英国皇太子殿下とスウェーデンの皇太子殿下がご来日なさったし、こ

ちらから幾方が出掛けられても差支ない筈なのに、役人は垠殿下のご洋行については、

「それがねぇ……」

と首をかしげる。

それを予想して居たからこそ垠殿下のご洋行をおすすめしなかった篠田も、役人のそういう肚《はら》を眼の前に見ると、義憤が燃え上った。法学博士の篠田は縁あって李王職に関係し次代の長官に推薦されている。官吏根性の少い彼はむっとして、

「それではお忍びでいかれる方に於いては問題ないわけですね」

といった。

「うん。そうだ！　それなら強いていけないということは出来ないでしょうね」

宮内省の役人はそういった。

「それじゃ、お忍びということにします。手続をとって下さい」

篠田は形には出さないが、心の中が煮《に》えくり返るような気がした。そして、その同じ心の中に、垠殿下に対して、気毒な、という心がしきりに湧《わ》いた。日本人の彼は勿論垠殿下が朝鮮の皇帝に還りたいという謀反心を抱くのを許しておけないだろう。けれども羊のように従順にしていらっしゃる垠殿下の日常のご様子を知っている彼は、日本側の役人の冷淡《れいたん》に会うと逆に垠殿下に同情するのである。お忍びでなく公式のご洋行ということにしようと思えば、そこには又いくらでも方法はあるし、垠殿

下の周りにくすぶっている雰囲気《ふんいき》を一掃するのに絶好の機会にもなり得るのである。

「日本皇族プリンス・オブ・リーは盟邦諸国ご訪問のためにヨーロッパにご出発あそばさる」

「なぜこういう風の太腹《ふとっぱら》が見せられないのか？」

篠田は、御用邸に帰って、

「ご洋行が決りましたが……」

と、いいしぶる。

「ああそう！　じゃ、いつでも出発出来るわけだね」

垠殿下はほっとしたようすである。

そのお顔を見ると、つい涙ぐましくなって、

「ただ、そのう、公式というのでなくて……」

ということばが、咽喉《のど》につかえてすらすらと出て来ないのをどうしよう。

「あ、いいとも、忍びで結構ですよ。公式ですと却って固苦しいし、折角の旅が愉《たの》しくない。最初から、わたしはそう希望しておったのです」

と垠殿下は、寧ろ喜ばれるお気色である。

それがなお、お気の毒に見えるのは、篠田のよけいなお節介《せっかい》であろうか。

解放の旅路

1

淋しい鹿島《かしま》立ち!

それは日本の皇族のご洋行の時と比較してのことであって、梨本宮、久邇宮その他各宮家をはじめ、貴紳《きしん》多数のお見送りの中にお船出なさったのであるから、賑やかな鹿島立ちといっても差支ない。が、ただ心から喜んで下さる人もなく、航路の無事を心配する肉親の居ないのが、垠殿下のお心に一抹《いちまつ》の寂寞《せきばく》を投げたまでのこと。ご肉親の悉くが地下の霊となった今、垠殿下はさながら大海の中の孤舟《こしゅう》のようなうらさびしいお心で、五色のテープを引張っていられる。

ただ梨本宮家だけは心から平安を祈って、旅先のいろ〳〵こまかいことまで注意して下さった。方子さまは、それをご自分にというつもりでなく、垠殿下と二身一体のお心でうけたまわった。

お召船は箱根丸! 一万トンの巨船である。横浜から神戸に向い、翌日の午後二時に神戸埠頭《ふとう》につく。と、梨本宮さまが汽車で又神戸へお出でになって、

「ご平安を祈ります」

と、随員《ずいいん》全員を集めて、シャンペンで祝盃《しゅくはい》を上げさせ給うのであった。

随員は全部で七名。篠田博士に御用掛の金大佐《こんたいさ》、三浦夫人、鏑木侍女、附武官佐藤中佐、高階典医《たかしなてんい》、足立嘱託《あだちしょくたく》である。この他途中までお見送りのために、韓長官ら数名がご同乗を許された。

韓李王職長官は、門司で下船の際に、

「殿下！　一寸お耳に入れたいことがございますが……」

と真剣な顔をした。

その顔に現れた警戒のいろで、朝鮮側の人がこういう場合何を考え、何をいおうとするのかさっと感じる垠殿下である。韓長官と応接室に行かれて二人だけになった。

「実はそのう……」

と韓長官はひそ〳〵と、

「上海の仮政府の連中が、殿下のご渡欧を嗅《か》ぎつけて、何事か画策《かくさく》しているとの情報を得ました」

「………」

ぎくりとする垠殿下のご心情には苦悶《くもん》が満ちる。

「総督府の保安課と内務省と連絡をとって、上海付近は厳重な警戒をして居りますが、もし万一のことがあればと、心配でなりません」

「いや心配はいりません。わたしは上海に上陸しないつもりです」

垠殿下はきっぱり仰っしゃった。

「そうでありますか。是非お気をつけられますように」

「領事館側で気をつけてくれるだろうから心配しないがいいですよ。会いたいといってくれば会って上げてもいいが、そんなことを現地の日本軍が許すわけはないでしょう」

「左様でございます。臣も、殿下のご身辺が危険というより、そういう交渉《こうしょう》があることが既にいけないことですから、ないようにお断りするのでございます」

「接触《せっしょく》しない地点に居れば問題はないのです」

「は！　そうであります。上海で無事に過しましても、あと巴里とヘーグが問題でございます」

「まさか！」

「いや、アメリカに居る徐載弼《じょさいひつ》と李承晩《りしょうばん》が、きっと何か企みましょうし、巴里は共産主義者の巣窟《そうくつ》だそうでございますが、左翼人物の陰謀にひっかかりましても……」

「そんなことはいわないでもわかっています。わたしはどこまでもただの人間として旅をしたいのです。そんなことを考えると、愉《たの》しくない」

この旅は解放の旅路だ！　それなのに、そういう不安なしには行けないとすれば何という不幸な旅であろうか。

垠殿下は、苦しそうに眼をつぶって、考えに沈まれた。

2

上海では、軍艦八雲にご移乗なされて、ご一泊なさった。随員がランチで黄浦江《こうほこう》を遡航《そこう》しようと申出たがそれもお断りになって万全を期される。

けれども、そこの土地に、祖国解放のために命を賭《と》している同胞の居ることが片時も胸を離れなかった。考えないような、気にしないようなふりをしていることからが既に苦しいので、一日も早く出航してくれるよう望まれるのである。

そして、船が南支那海に出て、遙か彼方へ上海が遠ざかる時、ほっとなさるのであった。

「見知らぬ土地へ！　珍しい風景に、何もかも忘れたい」

そうひたぶるな心で希望された。

上海からシンガポールに向う途中、五月が終り六月と月が更まる。世界の三大夜景の一つの夜の香港《ホンコン》をおたのしみになっていられると、篠田が香港のイギリス総督が何らご挨拶のないのをしきりに憤慨した。あちらの人たちの冷遇を覚悟の垠殿下は、淋しいと思うことなく、感じないように力めながら、南方の香りに咽《むせ》ぶような風景をたのしまれた。

スコットランドの世界ゴルフ大会に出席のために赴くという英人ローザー氏を相手に、デッキゴルフに興じたり、プールで泳いだりなさりながら、台風圏内に入ったらしく動揺《どうよう》の激しくなった船中の苦しみに堪えられる。

シンガポールからペナンに至り、蛇寺などをご見学、コロンボ港から印度洋中に乗出す。モンスーンにもお慣れになって、一等船客に晩餐《ばんさん》を賜ったり、ボーイたちの演芸会に無聊《むりょう》をなぐさめられたりする。

ある日、神戸の菓子商からもらったカナリアの籠の前で、方子さまは何か考え深いお顔で立っていられた。

「どうしたの？」

垠殿下が傍へよってきいた。

「カナリアが悲しそうな顔をして餌《え》をひろわないのです」

方子さまは哀れみ深いお顔をなさる。

カナリアは献上された時には、雌雄別々の籠に入れてあった。それを方子さまは、一つの籠に入れたのである。

「カナリアは雌雄別々でないと鳴かないのでございます」

篠田が申上げると、

「鳴かなくてもいいのよ！　籠越しに声だけ聞いていて、それは辛いでしょうから、一しょにしたの」

と方子さまはおっしゃったのであった。

その鳴かないカナリアが悄気《しょげ》て、しっかりよりそうようにして黙ってこちらを見ている。

「きっと気候が合わないのだろう」

「そうかも知れませんね！　わたくし、なぜかとても可哀想ですのよ」

方子さまは何かおっしゃろうとして、はっと思い止まられた。

垠殿下はそれを世間並に解釈なさって、深く聞き明かそうとなさらなかったが、方子さまにしてみれば、船が暑苦しいモンスーンの中へ進み入って、ほかの乗客は苦しがっているのに、垠殿下はとてもお元気で、一等船客やボーイをすらお相手にご遊戯《ゆうぎ》をなさったりして、至極愉快そうな殿下のご心中がはっきりわかるだけ、今までの在り方を不憫《ふびん》に感じ出したのである。それをカナリアを見る度に思い比べられるので、ご自分をも含めて、解放の喜びを完全に味えない悲しみに沈まれたわけである。けれども、それを申上げてしまっては、折角何もかもお忘れになって愉《たの》しく幸福であらせられる垠殿下のご心情はぶち壊しになる。

「一そのこと、籠から出して上げたいような気がするんですけど……」

ふとそういわれて方子さまは、また、はっとなさる。

「どうして？」

ときかれた時、ご返事に困るのである。

そしたら、

「この洋上で放しても仕様がないでしょう。エジプトについたら放してやるといい。しかしねぇ、それは方子の独りよがりかも知れないよ。カナリアにしてみればやはり籠の中が一ばん安全地帯じゃないかね。飼うのがいやだったら、マルセーユで上陸の時、船長にくれてやるといい」

と垠殿下は虚心《きょしん》におっしゃった。

薬箱《くすりはこ》の密書

1

方子さまはその後も時折垠殿下のそのおことばを想い出した。垠殿下のご心情をあまり深く考え同情することは所詮《しょせん》垠殿下のお立場を哀れなものにする結果になるのだとお気付きになられる。垠殿下のお心と一つになられた方子さまは、籠の中のカナリア同様にその位置に安住していればよいのではないか。聖上でさえ東宮であらっしゃった時爆弾を投げつけられたりしているし、只今も今後もねらわれている御身上なのだ。だから、皇族の中の位置が朝鮮王族だという特別のものであって、多少のひけ目があるにせよ、それは我まん出来なくもないのである。

そうお考えになって、殿下同様に、異国の旅を存分にたのしみ、勉強のために調べられたりする。エジプトでスフィンクスやピラミッドを見、フランスに上陸して以来、絢爛《けんらん》たる西欧文化に心を躍らせて御見学なさる。

虚心に、旅行日程に従って、訪問すべき人は訪問し、見るべきものは見る。

同じご心境の垠殿下が、ある日、巴里に来る間もなくかなり愉《たの》しくないお顔をなさった。

（どうしてでしょう？）

方子さまは、はっと、心が曇られた。

その日、フランス大統領のヅーメル氏をエリゼ宮に訪問され、大統領も答礼の為めに、日本大使館に来ている。

そして、守正王が隊付として勤務あらせられたことのあるルーアン歩兵隊を見学する話などなされて、ヅーメル氏とは愉快な会見であった。

だのに、垠殿下は何事か考え深げである。はたの者には気がつかないで過せることも、方子さまにはお顔のくもり眼のいろで、それがわかる。

けれども、方子さまは詮議《せんぎ》立てなどなさらなかった。翌る日になると、垠殿下のお顔色はいつもの通り優れて何事もなく過される。

と、数日して篠田が、ジュネーブの軍縮会議の日本代表で来ている齋藤實と駐仏日本大使の石井と会見して帰って来て、

「妃殿下！　フランス大統領に対しまして、殿下に仏国最高勲章のレジオン・ドノールの大綬を贈られるよう懇請してありますからいずれ沙汰《さた》があるかと存じます」

と申上げた。

方子さまは、そういう手続をしなくても、先方から進んで贈らるべきだったとお考えになって淋し

くなられた。そして、はっとして、垠殿下のご憂鬱だった昨日のお顔が見えてくる。

「齋藤総督がそれはもう細く気を配りましてねえ、フランスばかりでなく、ご訪問先の各国元首に同様懇請するよう我が大公使を総動員致して居ります」

齋藤實は朝鮮総督現職のまま、軍縮会議の日本代表として来ているだけに、そういうことまで心を配って、他の皇族の方々に見劣りしないように努力したことは有難い。けれども、もし齋藤實のような朝鮮に関係のある役人が居なければどうだろう、と思うと、そこに何か割切れないものが残る。

そして、齋藤や石井らは、そのことばかりでなく、ヨーロッパに於いての垠殿下の警護は殆ど丸裸で、所詮不逞鮮人の亡命客が巴里にも来ている筈だ。またヘーグは韓国皇室の陰謀密使の来たところ、何らかの不祥事件が起きないとも限らないからと気を配って、

「特に殿下のご身辺に気を配って、怪しい者の出入に気をつけて下さい」

と篠田に注意を与えている。

篠田は妃殿下にそんなことは申上げられないから、

「各国は日本の皇族としてお迎え申上げるために万全の用意を整えて居りますので、こんなおめでたいことはございません。この上は御帰朝の日まで平穏に過させ給いますようお祈り申上げるだけでございます」

と「平穏」のことばに特別の意義を含めて申上げたのである。

2

方子さまは篠田が何をいわんとするのかお感じになられた。それがお心にある間はやはり民族の拘《こだわ》りが滓《おり》となってお心を汚した。

そういう拘りのあるお心で垠殿下に対するのはよろしくないと強くご自分におっしゃることがまた一つの拘りとなったりして、とかく方子さまのお姿に他の宮家の若妃殿下のような闊達《かったつ》さが乏しいのは、そういうところから来ているといってよい。「何となくお淋しい」そう国民の眼に映るのも無理のないことである。

方子さまは、垠殿下とご同様に、ヨーロッパに在らっしゃる間だけでも虚心にいらっしゃりたいお考えになられた。だから篠田のそういう注進すらうるさいのであった。

そして、英国に渡っては、バッキンガム宮殿で英国皇帝陛下、同皇后陛下に御対顔になられ、ベルギーに行って、同国の皇帝皇后両陛下の午餐会《ごさんかい》に招ばれたり、忙しい御日程に愉しくお心を奪われる。

(やはり来てよかった)

と方子さまは、日ましに活々とおなりになる垠殿下のお姿を見るにつけそうお考えになられた。

けれどもオランダの女王陛下ご訪問のためにヘーグにつかれた時、垠殿下は眼をおつぶりになって

「太皇帝陛下！　只今ヘーグに来て居ります」

と黙禱《もくとう》をささげるのを、誰れも気がつかなかったのである。

この地で憤死《ふんし》した密使の李儁《りけい》の霊を慰めてやりたい気がなさったのだ。

ふと二十年前のあの夜のことが想い出される。渡日を前にした夜の宮女達の別れの宴の時、むっつりと一言もなく控えていた宮女の一人が、長々と怨《うら》めしいお別れのことばを述べた中に、

「……多数無名の義烈《ぎれつ》の人の憤死のこと、太子マーマ、どうか御記憶下さいませ。おからだは人質にされましても、決して心は捕われますな」

といったことば。

あ！　そういえば、駐英公使の李漢應《りかんおう》もロンドンで自刃し果てた筈だ。

「太皇帝の御意志はこの地に生きていられる」

漢城《ソール》のあの宮中深く埋れていらっしゃりながら尚強い御意志をこの地までお働かせになられた太皇帝陛下のことを想うと、垠殿下は只今のご自分の在り方が、何とも儚いものに見える。

と、ホテルの外に何か騒ぎがある。窓から見下ろすと、黄いろい顔の中年の人が、篠田と言い争っているようだ。その茶色の背広を着た人は憤然として帰っていく。

垠殿下は篠田を呼んで、

「今の人は？」

ときいた。

「朝鮮の人でポーランドの田舎で、漢方医を開業しているそうでございます」

篠田は穏かな顔になろうと力めながらお答え申上げた。

「ほう！　漢方をね！」

垠殿下は珍しげに、しかしお心の中では、この異郷に来ている同胞の生活苦をお考えになって憐憫《れんびん》の情が湧いた。

「西洋の人の信頼を得てなか〳〵やっているようでございます。科学の発達したヨーロッパでも東洋の神秘主義《しんぴしゅぎ》はやはり潜りこむ隙はあるのでございましょうね」

「いや漢方は神秘で片付けるべきではない。強壮ホルモン剤として有望ですよ」

「それはそうかも知れません。朝鮮人参の新市場がヨーロッパに出来るといいと思います」

そう云って篠田は快濶《かいかつ》に笑った。

それで一応その話はけりがついた。けれども、憤然として帰っていったその人のうしろ姿がいつまでも瞼《まぶた》に消えない。

(会って、励ましてやればよかった)

とお思いになられたのである。

垠殿下に献上したいと持って来た明心丹《めいしんたん》という薬箱の中には、実は、その人個人の建白書が秘されていたのである。

その書に曰く――
殿下御駕を万里の外に進め欧州諸国と歓を通ず、慶賀す可し。然れども韓国王室の名を喧伝し我韓国の実在を陳《の》ぶるに非ざるは遺憾なり。先に光武皇帝密使を送り祖国奪還を企て挫折せるを殿下忘却せるに非ざれば、新聞記者に向いて我は日本皇族に非ず韓国皇帝なりと宣言すべし。在欧州の同胞それ在るを期待し、殿下を日本軍中より奪還して露領に誘引致したく計画中なるも、殿下の御意甚だ弱く、日本軍人を先頭に各国を巡覧す、痛恨に思う者豈に臣のみならんや。須く大義名分を正し鴻意《こうい》以て事に当るべし。嗚呼！　光武帝地下にて慟哭を成さんか！　云々。

この書が垠殿下の眼に触れなかったのは寧ろ幸いというべきであろう。蟷螂《とうろう》の斧に似たその書が日本側に発見されなかったのは、当時のこの事情では、垠殿下を安泰に置いて上げたことになろう。

そうでなくても、「わたしは朝鮮王か日本皇族か」とお悩みになっていられる垠殿下のことである。

独波両国を経て、スウェーデンの皇室を御訪問の時、日本に来たことのある皇太子殿下が、新羅《しらぎ》の文化について論じられた。新羅の旧都の慶州《けいしゅう》で古墳発掘のちょうどその時に来会わせた皇太子殿下は、御手から金冠《きんかん》を拾い上げられた。その古墳を瑞典《スエーデン》の瑞をとって瑞鳳塚《ずいほうづか》と名づけたことがある。

「新羅の文化は東洋古代文化中の第一級のものです」

と心から賞められて、高麗焼《こうらいやき》など持ち出して、

「こんな立派な芸術品はヨーロッパにはありません。この焼物の味は東洋を知らない者には正しい判断は出来ないでしょう。東洋というと支那を思い印度を語るけれども、朝鮮はどの国よりも優れている」

といって、垠殿下をじっと見つめた。

垠殿下の日本に於ける位置をよくご存じの皇太子はよけいなことはいわないが、心から同情する色が見えた。

それをはっきり感じとった垠殿下は、感謝の目礼を返すけれども、忘れていた心の拘りがはっと蘇《よみ》返《がえ》って何か後味の悪さを感じられた。

北欧の旅を終えて、伊太利からマントンに来られて、ご滞在あそばすことになった垠殿下は、南欧の明るい空の下で、

「何時までも居たいね」

と方子さまにご感想を洩した。

ここに居る間だけでも自由人として過したいご意志がやるせなくお顔に現れていたので、方子さまは逆にはっとなさったのである。

謀反《むほん》部隊を前に

1

ご洋行を終えて、日本に帰られた垠殿下は、当分は旅の疲れと一しょに、日本か朝鮮かのややこしいお心を持て余す時があった。

しかし、麹町に建てたイギリス風の荘重な新邸に移られ、翌る年に第二王子玖《きゅう》殿下が生れると、

「わしは日本の皇族に成り切る」

と決心を固められ、可愛く健かに育つ玖さまを見るにつけても、

「玖《きゅう》ちゃんの将来のためにも……」

と思われるのである。

方子さまは、玖さまを抱いて、ふと晋さまのことを想い出した。ぶるると戦慄《せんりつ》がお心を突っ走る。

「もう朝鮮には行くまい」

けれども朝鮮には玖さまをねらう宮女はもう居なくなった。

その代り、もし垠殿下が日本に対して謀反《むほん》を起こすか、国外の朝鮮亡命客の勢力が強くなって、垠

殿下を奪還する気配が見えれば、垠殿下もろ共玖さまの命は危い。

この頃日本の陸軍には、国粋主義《こくすい》がはびこり、日本民族内の異分子排斥《はいせき》の空気が強くなっている。皇室の血の中には朝鮮系が混在《こんざい》しているから皇室を追放すべしという極端な国粋論者が居て、その趣旨のパンフレットが出廻り、憲兵隊の問題となった。もしそういう一派がのさばって出るならば、李王家の運命はそれこそ風前の灯《ともしび》となるであろう。玖さまが朝鮮王になるなんて以てのほかとする考えよりも、この方が一層こわいのである。

その頃垠殿下は、宇都宮の第五十九連隊長となられて、方子さまや玖さまともご一しょに赴任された。地方の軍隊に来られたのは初めてで、朝の皇居遙拝の時に、ふと聖上のお顔を心に描いた。この時何か不満な心がちらりと心を突走ったので、垠殿下ははっとなされた。が、すぐに下々の模範《もはん》だ！　裕仁親王即ち皇位であり、皇位尊崇は日本国民の心の憧《あこが》れである。と、翌る朝からは、心から率先して、皇居に向い最敬礼をあそばすのである。

年が明けて、一九三六年の二月二十六日、突如帝都に一部軍隊の反乱が起きた。この謀反部隊討伐の命を受けた垠殿下は、第五十九連隊を率いて、帝都に急ぎ、永田町の一角で、反乱部隊を包囲した。大勢を明察なされる垠殿下はその小部隊の反乱が間もなく鎮定されるであろうことを判断した。決起《けっき》青年将校に帰順を勧告するラジオを聞かれながら、

「しかしこの人達の意志は残る」

と垠殿下は考えられた。

五・一五事件といい、この謀反といい、日本が進んでいる方向は、益々国粋的なものに凝り固まるばかりだ。満州を手中に収め、華北を勢力範囲にした日本は、朝鮮などはもう眼中にないだろう。日本に敵対する勢力はこの東亜には皆無だ。その東洋諸国の現在勢力の地図を心に描くと、

「太皇帝の御意志は何時実現するとも見えない」

という歎きが心に溢れる。

してみると、李完用は先見の明があったというべきか！

「朝鮮は何う生きたらいいのだろうか」

垠殿下は、包囲された謀反部隊を眼の前にして、遠く朝鮮を想われた。

包囲僅か二日にして、反乱部隊は鎮定され、決起青年将校は帰順した。

宇都宮に帰られると、

「まあ！　よろしうございました。一時はどうなりますことかと気を揉みましたのよ」

と方子さまは、心なしか面やつれしたお顔で出迎えられた。

「大したことにならなくてすんだよ」

垠殿下はそうお答えになって、ふと方子さまが垠殿下のご一身の安否を気づかったのではなくて、皇室のことを想っていたのだと気がついた。

「いろ〳〵よくない噂さがございましたのよ」

方子さまは、垠殿下のお留守中に聞いたことを申上げる。それは皇位に大きな変革が起きるという流言《るげん》であった。

「そんなことは出来る筈がございませんけれども……」

方子さまは黙っていらっしゃる垠殿下のお顔をそっと見ながらおっしゃる。

垠殿下はそのことばに不吉な空想が湧いた。

「朝鮮の王族なんか抹殺《まっさつ》してしまえ」

と青年将校が酔った勢いで、そう喚《わめ》いたという話を聞かれたことがある。朝鮮問題に関心を持つ将校が若干いる。それは朝鮮に愛情を持つか憎悪を抱いているか二つに一つで、孰れにしても穏かなるべき朝鮮に不祥事件が起きる為に、朝鮮の如きが今さら！　と眉をひそめる人達だ。朝鮮の何十倍もある満州や華北を掌中《しょうちゅう》に握った日本の懐ろの中で、温順《おとな》しくしていることが有利な筈の朝鮮が、一ばん問題を起こして、うるさい。

「朝鮮問題は、東亜の癌《がん》だ！　いっそのこと、自治を許した方がいい」

という意見に対して、

「朝鮮なんか揉《も》みつぶしてしまえ。小生意気にうるさすぎる」

といった余勢をかって、

「李王家なんかどうだ！　わが皇室の温情で日本の皇族よりも優遇されているではないか」

とうそぶくのである。

そのことが垠殿下の心に大きく映し出されて、方子さまのおことばにすら脅《おど》かされる。

と、その時、侍女と一しょに玖さまが、入ってきて、

「おたあさま！」

と方子さまの膝によりそう。

そのあどけないお姿に、はっと胸をつかれて、

「日本に忠誠が足りなかったのじゃないかな」

と、垠殿下は、また反省なさった。

2

それは垠殿下のお心の中をご自分の心の鏡に映して見ることであって、はたの見る眼にはどうということもない。けれども、周りにうごめいている軍の意力が、垠殿下の心を見抜いて、

「忠誠が足りない」

そういう風に迫るような気がするからだ。

垠殿下は、御専門の砲術と高等数学を御研究の傍《かたわ》ら、皇室に対して心から忠義を尽そうと意識して

努力なされる。その一つの現れとして、早朝ご起床と同時に、外に出られて、東方に向い皇室を遙拝なされる御習慣が出来た。そして、皇位が一つの象形《しょうけい》となって垠殿下の御心に映し出されるようになった。

ある時山口地方にお出での時に、御旅館に御滞在の三日間もやはり日頃のご習慣通り為された。警護のためにお宿につとめていた私服警官がそのお姿に眼をつけて、

「お偉い方は違うなあ。われ〳〵も遠く及ばないよ」

と朋輩《ほうばい》に洩したという。

そういう御努力が報いられてか、予科士官学校の教授部長から大阪師団長、宇都宮師団長と要職へ御昇任され、太平洋戦争の真最中には第一航空軍司令官と成られたのである。

軍部に信任を得たことをことさらに喜ばれない位に平常の御心で偏に忠誠心に生きられた垠殿下ではあったが、玖さまのご成人と共に、将来に対する大きな安心を覚えさせられるのであった。

けれども、そのようなご自分のお姿が、意外にも哀しいものに見えた一つの事件が起きた。多忙な軍務から暇を得て、お邸にいらっしゃったある日、朝鮮から修学旅行に来た女学生の一団が拝謁《はいえつ》に上ったという。

「どこの学校かね?」

ご居間で書見をして居られた垠殿下が事務官にきく。

「淑明《しゅくめい》女学校でございます」

事務官は何気なくお答え申上げる。

「淑明？」

垠殿下は、ふと京城の貴族達を想い出された。その学校にはあちらの上流家庭の子女が多かったのである。

「方子も一しょに出よう」

垠殿下は方子さまのご居間をのぞいていわれた。

「はい」

方子さまは、すぐにお仕度にとりかかった。垠殿下は御略装の陸軍中将服で、ご洋装の方子さまと連れ立って、大広間に進んで出られる。侍女達がさっと大扉を左右に引く。と、音もなく粛然《しゅくぜん》と立列んだ五十名ばかりの女学生。それは一見して日本の女学生と少しも変らず、同じ型の制服に同じ髪型をしている。けれども、垠殿下のお姿を拝した眼ざしは異様に輝き出して、唇《くちびる》が青ざめたように引きしまり、頭がさっと垂れた。

「敬れいーッ」

引率の日本教師が号令をかける。

なぜ最敬礼といわないのか？　けれども、女学生は深く首を垂れて、

「直れッ」

といわれても尚最敬礼の姿勢を直さないばかりか、ここ、かしこから、シク、シクとすすり泣き、咽び、
もし自由が許されるならば、慟哭して、哀号の哭声を放ちかねまじい勢いとなった。

引率者は慌《あわ》てた。

「直れッ」

と今一度号令したり、蒼くなったり赤くなったりする。

「あ！」

と方子さまは驚いたお顔をなさる。

垠殿下は、最初の中一寸たじろいだ心となられた。が、方子さまも、侍女も事務官も、その他の者
も凡て眼の前から消えて、哀しみがわッと咽喉にからまって、そして、どっと涙が流れた。

その涙を流すまいと努力はしても、ハンカチでお拭きになる見苦しさに気がついていても、

「悲しい」

と感じるお気持をどうなさることも出来なかったのである。

「方子がどう思うだろうか」

そう感じたのは、女学生の半ばがやっと顔を上げて、すすり泣きの声が減った頃である。

垠殿下は方子さまを恐る〳〵見られた。

と、方子さまも、白いハンカチでお眼をふいていられる。

「方子」

垠殿下は心の中でそうよんだ。親しみに溢れた愛情がお心から送られる。

「方子はわたしの心中をはっきり察している」

その感謝に充ちた心でいると、

「殿下！　御居間へどうぞ」

という事務官の声が聞えた。

垠殿下ははっと吾にかえって、

「うん」

とお答えになり、大広間に背をお向けになられた。

そして、背後にしまる扉の向うに残した女学生の心をはっきり感じながら、御居間へ真すぐに進まれる。

「殿下」

方子さまがおいすがるように近づいたが、

「…………」

ことばにもならずただ佇《たたず》んでいられる。

「…………」

垠殿下は方子さまのお涙を見つめて、何かおっしゃりたいのだが、それはとても説明出来ることではないので、一寸お困りになった。けれども、

（いわないでもわかっていてくれる）

そう思って、方子さまから逃れるようにご居間へ入られた。

お椅子《いす》に身を凭《もた》せて、しばらくじっとしておいでになったが、ややあって、

（事務官達がどう思うだろうな）

とその背後の勢力にまた気兼ねなさって、それがはっきりいやなことに感じられるのであった。

王様の涙

1

方子さまは垠殿下の御居間に行って、お慰み申そうかと思ったが、

「そっとして上げたがよい」

と考え直した。

そして方子さまご自分の涙を、垠殿下がどうお感じになられたか気になったけれども、それも強いて説明申上げないことにした。二・二六事件以来の十数年間、垠殿下の心の闘いは並大抵ではなかった。形から心へと忠誠にぬりつぶそうとなさって居られるご努力は、そのお励みのほど感激に堪えない。李王宮の人となった方子さまが、李王宮の感情のまま垠殿下を眺めて居れば、そういう努力に気がつかない筈なのに、それとなく、折にふれて、そういうことを感じるということが、何か不純なような、愛情が足りなかったような、妙なお気持ちになられる。

ここ十数年来、ほとんど朝鮮に帰らなかったし、朝鮮人の拝謁者も後を絶った。元侍従武官長だった趙東潤《ちょうとうじゅん》の子息の趙重九男爵《ちょうじゅうくだんしゃく》が時折伺候《しこう》するほか、訪ねてくる朝鮮人といえば李健公殿下《りけんこうでんか》、李鍝公《りぐうこう》殿

下位である。李朝末期の重臣が次々に死に、その後をついだ人達とも疎遠《そえん》になって、会っても親しみが湧かないせいか、訪ねても来ない。よし訪ねて来ても、事務官達が引取って用件を聞いて帰すのである。

「朝鮮とも縁がうすくなったね」

とある時垠殿下はおっしゃった。朝鮮でなく朝鮮人であることは云わずと知れたこと。朝鮮に赴任《ふにん》する総督がご挨拶に上り、朝鮮統治について御報告することもあって、朝鮮と縁が切れるわけはなかったのだから。

「かえって気が楽でいいよ」

ともおっしゃって、ひたすら日本的たらんとおつとめになっていられたので、平凡に見過ごしていたのが、今日の女学生の謁見でのあの不意のお涙！

泣いた女学生の心には垠殿下が哀れに映り、捕われの御身上にははっきりご同情申上げたことがわかる。単に懐しさだけならあのように深刻に泣くわけがないのだ。

それよりも殿下ご自身のあの涙は、女学生の心に映った己が姿に哀れを催したことに他ならず、永年のご努力の跡すら悲しくお考えあそばしたのであろうか。

そのお姿を不憫に思って、方子さまは泣いた。しかし、それをはっきり申上げては、却って垠殿下を蔑《ないがしろ》にすることになる。

「ああ！」

このややこしい気持を、どこへいって捨てたらよいのであろうか。

こういうことで悩むのは、今にはじまったことではない。けれども、少くとも戦争の後では今度がはじめてだ。

「いつまでこういうことで悩むのはいやだ」

と方子さまは考えた。

「民族ということは恐しいことだ」

民族の差違や区別は永久に無くならないものであろうか。

それは恐らく望みがないような気がする。日本の皇道精神で朝鮮人を百パーセント日本化してもやはり問題は残るであろう。

「民族は恐しい」

方子さまは、日本の国粋論者の民族の血の純潔論《じゅんけつろん》を読んだ時、

「まァ！」

と驚かれたことがある。

その時の驚きと今日の哀しみは脈をひいていないだろうか。

「難しくて、わたくしにわからない」

と思っていらしたら、ふいに扉が開いて垠殿下が入って来られた。晴々しいお顔である。が、どことなく造作《ぞうさく》のあとがある。

「三浦環《うらたまき》を聞きにいかないか」

垠殿下は拘りなく仰っしゃった。

「お蝶夫人を見たいと思っていましたのよ」

方子さまはさりげなくお答え申した。

「うん！　三浦さんももう年をとって、今度が最後かも知れないね」

垠殿下はそのようなことを仰っしゃる。

「玖ちゃんはどうなさいます？」

「つれていきたいが、お蝶夫人じゃわかるまい」

「そうですわね。玖ちゃんはこの次日劇へでもやりましょう」

「その時一しょにいこう。これからせい〴〵そういうところへ気晴しに出かけよう。事務官達には黙っていくといいと思う」

「わたくしもお忍びでいくのが面白いと思います」

運転手だけにその旨を言いふくめて、お二方は帝劇に出掛けられた。

運転手が劇場の事務室について切符を買って来てくれた。出迎える支配人に、お忍びだから黙ってるようにとたのんで、一等席へ入られた。

2

戦争真最中のこととて、こういう派手な催物《もよおしもの》も乏しくなったせいか、観覧者は熱にうかされたような姿で舞台に見入っている。索莫《さくばく》とした外の戦争を一時なりと忘れたいというひたむきな気持に浸って、垠殿下も、

「何もかも忘れてしまいたい」

と悩ましげに考えた。

マダム・バタフライの三浦女史が、あの調子の高い声で、熱涙に溢れる顔で歌っている。遠く異国に去ったピンカートンに恋い焦《こが》れている姿が、垠殿下の心にぐっと迫って来る。垠殿下は考えた。

「可哀想なマダム・バタフライ」

捨てられたことも知らないで、恋人の帰りを待ち信じている純情！　次の場面ではマダム・バタフライは自殺をしなければならない事態にぶっつかるのに。

垠殿下は暗がりの中で、照明に浮き出した舞台とだけ心が繋《つな》がっている。切々と訴えてくるマダム・バタフライの恋情。

「ピンカートンは薄情だ！　おれなら、決して……」

と思って、ふと方子さまを見た。
方子さまはハンカチで眼をふいている。垠殿下が見ているのも気がつかないで、お鼻をすすってい
られる。その悲しみにひきつれた方子さまの顔が白くぽーっと嫋々《なよなよ》しく可憐この上なく見える。
その華車《きゃしゃ》な顔に、漢城《ソール》王宮奥深くで泣いていられたあの時の顔が重なる。就中《なかんずく》晋殿下の毒殺死に哭
く方子さま！　異風俗に慣れようと努力したり、なじめない宮女と仲よくなろうとしたり、兄陛下の
崩御の時に心からなる悲しみで哭いたり、そういういろ〳〵な場合の方子さまの涙の中でも、晋さま
のために泣いたあの時の悲痛なお顔！
その後もいろ〳〵な、度ぎつい事件が起きる度に、そして日常の些細な出来事でも民族的な事が気
になる時には、悩むまいとしても悩まないでは居れないいやゝこしい立場！
「女学生の前で泣いたのは、しくじりだった」
垠殿下は、思わず、
「方子！　すまなかった」
そう手をとって慰めて上げたい心がわっと盛上った。
ふと方子さまの、
「とても、いいですわね」
という囁きが聞えた。

垠殿下はほっとして、

「可哀想だね」

とおっしゃる。

「いつまでも信じて待つ姿！　美しいですわ」

方子さまはそうおっしゃって、またハンカチでお顔を覆われる。

舞台は変る。

マダム・バタフライは、子供を残して、自殺しなければならない。待った恋人の代りに現れた異国の夫人。嗚呼！

マダム・バタフライの心情が痛切にひびいて、慟哭《どうこく》が方子さまの心を千々に引き千切《ちぎ》った。

「殿下！　帰りましょう」

ふいに方子さまがおっしゃった。

「どうして？」

垠殿下はそういう方子さまを不憫《ふびん》に思った。

「悲しくて、とても見て居れませんの」

「そうか」

垠殿下は、そっと方子さまの手をおとりになって、いたわり深くお席を立った。暗いお通路をさぐ

りながら、

「どんなことがあっても、方子とわしは離れない」

そうお考えになって涙ぐまれるのであった。

3

そういうお気持で、お邸に帰りついたら、

「朝鮮の貴族代表が上京して来まして、どうしても拝謁して帰るんだとねばっていまして困っていますのですが……」

と事務官が告げた。

そのことばの調子で何かどきっとなされて、

「お名前は？」

とさりげなくきく。

「閔侯爵《びんこうしゃく》さまでございます」

「閔侯爵！　うん、会おう」

「お会いになるのでございますか」

事務官が珍しげにきく。成るべく朝鮮関係の人はお会いにならないご方針だったのだから。

「うん！　会う。第二の応接間にご案内申せ」

玄関脇の小さいその応接間は、円形の部屋で、垠殿下のお椅子には、鳳凰《ほうおう》の絵が皮張りに描いてある。

垠殿下は事務官が裏廊下から去るのと同時に、大広間の方へお出でになって、ホールから第二の応接間に通られた。御椅子に御着席なさって、今すぐ現れるであろう閔家の宗孫を待った。

永い間待たされたのと、会わせまいとする事務官の不遜《ふそん》な態度に癇癪《かんしゃく》を起していた閔侯爵は、入ってくるなり、

「殿下！　どうして疎開《そかい》もなさらずに東京にお出で遊ばすのですか」

と非難した。

「軍事参議官がやたらに地方にはいけない」

垠殿下は、この春航空軍司令官から軍事参議官になられたのである。

「殿下！　外部の人とお会いにならないから世界の情勢にうといのですね」

「…………」

垠殿下ははっとなされる。

「カイロ宣言をご存じありませんか」

「…………」

「日本はもう敗けます。東京の空襲状態を見ただけでもおわかりになりましょうけれど……」

「………」

「お邸には短波受信機《たんぱじゅしんき》はございませんか」

「ありません」

「しかし、陸軍中将である殿下がカイロ宣言を知らないわけはないでしょう」

「知ってどうするのです」

「ほんとの籠の鳥ですね！」

「え？」

なにを無礼な、と、いい返したいのを我まんしていられる。

「琉球《りゅうきゅう》が落ちれば、日本の命数は尽きるのだと、朝鮮じゃ大騒ぎです。内鮮一体、皇道宣揚だなんて一部親日家の世迷事ですよ。米軍が上陸すれば歓迎に出る時に着るのだと、モーニングをつくったりしているのです」

「………」

垠殿下は、扉の外の耳を恐れるお顔をなさった。

「聞かれたって構いません。わしはどうせ親米派の貴族です。なあに半年も監獄に入っていれば米軍が来て出してくれるでしょう。殿下！　もう眼をさまして下さい。日本の皇族でなく、朝鮮の王様だということをおさとり下さい。しかも、万一、日本からお逃げになって、世界の大勢に順応しないとすると、朝鮮が独立しても殿下は迎えられないでしょう。昌徳宮の太妃さまがそれをご心配あそばして、わたしを使いに出したのでございます。玖さまをおつれになって、成るべく早い中に、昌徳宮へおもどりになって下さい。そして、出来れば間島からソ連領へご逃避下さい。李王家復興の絶好の機会かと存じます」

さながら命令口調《くちょう》だ。今まで数度の会見では不満を肚《はら》の中に押しこめて、むっつりと黙っていた特異な性格の男だと、垠殿下は記憶している。太皇帝の王室閔妃《びんひ》一族を代表するこの人とは、ほんの数える位しか会っていないのに、こういう不遜な口調で自分に物をいうのは、自分の背後の威光が滅びかかった証拠かも知れない。

垠殿下は黙っておいでになるけれども、お心の中には激動が起きている。眼がまわりそうで、閔侯爵を正視出来なかった。

「殿下！　しかし、とも角うれしいです。太皇帝陛下のご意志が漸く花咲きますよ。太皇帝のご意志即ち三千万民衆の意志ですからね。憎い総督府の役人共を木端微塵《こっぱみじん》に踏みつぶしてやるのももう時間の問題です。それじゃ、これで。空襲はこれからが本格的だそうですが、一日も早く京城へお帰り下さい。毒蛇《どくじゃ》の巣窟のような日本から脱出なさるのが一日早ければ早いだけ李朝王室のためになろうというもの。眼先の現象に正気を奪われないで、やがて来る日のことを、よっくお考え遊ばしますよう、くどいようですが、もう一度申上げておきます。では……」

垠殿下は漸くご座を立って、閔侯爵を送り出した。扉の外に客が消えると、垠殿下はどっかとご座にお坐りになった。そして、混乱したお心を鎮めようと力められる。

「玖ちゃんをつれて来い、といっても、方子はどうする！」

閔侯爵は、方子さまのことは一言もいわなかった。玖さまのことも何か軽んずる風であった。万一、朝鮮が独立し、王制が復活しても、玖さまを皇太子に立てることに反対する勢力が強くなるかも知れない。

「方子！」

この時の、方子さまの位置ほど困難なものはないはず！

日本の皇族になろうとひたむきな忠誠を尽したこの二十年の努力よりも遙かに苦しい状態が方子さまの身の上に襲いかかりそうだ。

お蝶夫人！　嗚呼！　方子さまは、玖さまを殺して自殺するであろうか。

「いや、いや！　わたくしは決して、決して、方子を離れないぞ」

日本脱出をしなくて、自分の位置が零《ゼロ》になってもよろしい！

「わたしは王様ではない。人間だ。人間でよい」

と思われて、またお心の中に、

「方子！」

とよんで見る。過ぐる日あらゆる不利不便に耐え忍んだ方子さまのために、これから先き、如何様な苦労にも堪えていく覚悟をなさりながら、垠殿下はややお心が静まった。その顔から二たすじの涙がつるるとすべって、ボタリと音がしそうな風にお膝の上に落ちるのである。

最後の王位

1

そうした混乱と悲しみに沈んでいられて、あたりがいつしか暗くなったのにも気がつかないでいらっしたら、ふいに方子さまが、

「ま！　ここにいらっしゃったのでございますか。わたくしはまた蘭《らん》のお手入れかと温室の方へいきましたのよ」

と入って来られた。

垠殿下ははっとお顔を正して、

「考えごとをしている中に、暗くなったのにも気がつかなかった」

とさりげなく立つ。けれども、感じ方の鋭い方子さまは、はっと垠殿下のお顔の曇りに気がついて、

「太妃さまがご病気でも……」

ときかれる。

「いや！　そんな心配はない」

垠殿下はそそくさとお顔をそむけた。

方子さまは、それ以上突っこんできくことは避けた。

食堂に入って、お食事がすみ、ベランダでお茶を召し上がりながら、

「空襲が本格的にはじまる前に、邸にも地下壕《ごう》をつくっておきませんと……」

とお話しなさる。

「地下壕もいいが、方子！　那須に行かないか。荷物も持って行って、空襲を避けているがよいと思う」

「殿下はどうなさいますか」

「ここへ残る！」

「でも、万一のことがあれば……」

「軍籍に在るものが勝手に逃避《とうひ》も出来ない」

逃避ということばにはっとなされて、方子さまのお顔をじっと見つめられる。

「離れているのはいやですわ。御身に万一のことがありましたら、わたくしも一しょに死にとうございますもの」

「玖ちゃんはどうなる？」

「玖ちゃんも一しょでいいでしょう」

垠殿下ははっと胸がつまった。

「ふーむ！」

愛情にひきつれたお心で、方子さまをじっと見つめている中に、さっきからの鬱陶《うっとう》しい気が霽《は》れた。

「よろしい。死ぬ時は電報を打つから、とんで来て一しょに死んでくれ」

と軽く冗談《じょうだん》をおっしゃって、

「死なないですめばそれにこしたことはないから、とにかく方子だけ那須にいってくれないか」

とおっしゃる。

「でも、殿下お一人をここへおいていけませんわ」

「同じことだよ。行ってくれると荷が軽くなる」

「そんなにおっしゃるのでしたら、いきますわ」

方子さまが何か怒ったようにいわれる。

「それで安心した。じゃ、明日にも実行するとしよう」

と微笑を浮べる垠殿下であった。

2

那須に行かれた方子さまは、しばらくは夏の野をぶらついたり、お庭を掘り起して芋を植えたりなどなさって静かな時を過された。

けれども、連日の空襲の被害の増大を伝えるラジオや新聞に、お心を痛めないでは居れなかった。近くの部落に来た罹災《りさい》者の話も自然お耳に入って、東京や大阪の惨憺《さんたん》たるありさまが手にとるようにわかる。と、垠殿下から、

「今日邸の大屋根の尖塔《せんとう》に焼夷弾が落ちました。直撃弾です。しかし、事務官達と奮闘して消し止め、事無きを得ました」

それからしばらくたつと、

「温室のガラス屋根が大きな音響と共にこわれて、ブス〳〵燃えているので、かけつけましたら焼夷弾が花盆《かぼん》の間に突きささったままでした。それを引き抜くやら、ポンプを運ぶやら大さわぎでしたが、無事にすみました。ただ新種実生《みしょう》の鉢が五つ駄目になりましたのが被害の大なるものだといえましょうか」

明治神宮が焼ける頃には、帝都の下町と山手はほとんど全滅となり、琉球に上陸した敵の戦闘力は意外にも強く、帝国の運命を担《にな》っていた海軍は、戦艦大和を最後に潰滅《かいめつ》したという。

「危険の真只中に殿下は敢然《かんぜん》とおいで遊ばすのに、わたくしだけ安閑《あんかん》と戦いを避けても居られませんのですから、近い中に帰りたいと思うのでございますが如何でございましょうか」

方子さまはこのようなお手紙を何通かお出しになったが、その都度、

「空襲は意外に激しく、被害は深刻です。行在所《あんざいしょ》も近々疎開《そかい》なさるとのこと、その時になれば、ご一

しょに信州に移りましょうから、今しばらくの辛抱《しんぼう》です」と返事が来る。

そうしている中に、広島に、敵の新型爆弾が落ち、ピカドンと、たった一発で全市が潰滅したとの報が入った。その新型爆弾が何ものであるか、当局はひたかくしにかくしているので、流言蜚語《ひご》は逆に大きく逞《たくま》しくなるばかりである。

方子さまは、その新型爆弾で、ご親族の李鍝公《りぐうこう》が爆死されたことを知った時に、

「この次はきっと東京に落すかも知れない」

とお考えになると、もう片時もじっとして居れない気がなさって、

「玖ちゃん！　東京にもどりましょう。おもうさまお一人では心配でなりません」

と上京のご用意にとりかかった。

汽車の旅は思いも寄らないので、八月の中ばになって漸く自動車で那須をお発ちになったが、古くなったタイヤが途中でパンクしたので、それが直るのを待つ間もまどろっこしく、とう〳〵お忍びのお姿で汽車にお乗りになられた。人混みにもまれて、東京についた時にはもうすっかり疲れ切っていたが、意外にも帝都の様子が静かなので、不審に思いながら、麹町のお邸へ辿りつかれた。

御居間に通ると、垠殿下がラジオの前に端座あそばしている。何か重大な御決心を成されているそのお姿にはっとして、

「殿下！」

と方子さまはお声をかけた。

すると、垠殿下が、はっとふりむいたが、

「シッ！　静かに！　玉音放送《ぎょくおんほうそう》です」

とおっしゃる。

方子さまは玖さまとご一しょに、垠殿下のお傍に椅子を近づけて、ラジオに向ってお坐りになった。

3

いつもは磨《みが》いたようなお声なのに、何かひきつれていらっしゃるので、方子さまははっとなされた。

そして、ある予想が稲妻《いなずま》のようにお心にきらめいて、思わず垠殿下のお顔を見つめる。

と、垠殿下が、「降伏《こうふく》だよ」とおっしゃって沈痛なお顔になった。

「まァ！　では、やっぱり……」

方子さまはお心が一ぱいになって、あとを次ぐことばもなく、呆然《ぼうぜん》としていらっしゃる。

垠殿下は黙ってラジオに向わせられる。玉音が終るまでじっと身動きもなさらない。方子さまは、激しく揺れるお心をじっと抑えて、玉音に耳を傾けるけれども、心も身もわなわなとふるえてならない。

と、玉音も曇って涙に濡《ぬ》れて、その最後のおことばを聞く前に、方子さまはお顔を掌《てのひら》の中に埋めた。

「とう〳〵敗戦だね」

垠殿下はなるべく無感動になさっていたいと骨を折られる。そして、もしも多感に成らないでは居られないとすれば、戦争に傷《きず》つけられ、その上敗戦の民として抛《ほう》り出される国民の将来に哀れみを注ごうとお考えになられる。けれども、それは所詮《しょせん》お義理だとわかり、やはり、

「わたくしはどうなる」

というお考えがどっと燃え上った。その激動に、つとお席を離れてベランダに行かれた。そして、焼けただれた麹町一帯から赤坂見附へ眼を向けて、成るべくご自分のことは考えまいと努力される。もしも、その激動する感情の渦の中へはまれば、今にも息が切れそうな気がするからだ。赤坂見附へ向いた眼が、ふいに右手の外濠から離宮の方へ移った。

「あ!」

そういう驚きが心を戦かせたのは、ふと初めて日本に来て、そこの離宮をお宿に暫《しば》しご滞在なされた時のことが想い出されたからである。

(とうとう想い出してしまった)そういう諦《あきら》めをもって、過ぐる四十年間のことがずらりと想い出されるままにお心をお任せになるのだ。

(朝鮮独立万ざーい)群衆のどよめきがはっきり見える。

(李王殿下万ざい)

そう叫んで、歓呼してご自分を迎えに来る人民大衆!

「いや、いや！」

垠殿下は、それを否定した。

「人民に合わせる顔がない」

と深い悔恨《かいこん》に沈む。

誰れがそうさせたのか？　どうしてこうなったのか？

「歴史のせいだ！　時の流れであった」

そうだ！　その歴史の頁の最後に、ただ一行書きこまれて、閉じられてしまうべき自分。

けれども、朝鮮に帰って、朝鮮のために尽せる椅子《いす》が何処かにありそうな気がする。それは勿論、王としてでなく、一人の国民として。

「殿下！」

方子さまが泣きはらしたお顔で、傍に来ておられた。

「…………」

ふり返った垠殿下のお顔を黙って見つめられた方子さまは、

「殿下！　わたくしのためにお悩みあそばしますな」

ときっとなったお顔でいわれる。

垠殿下ははっと胸がつまった。方子さまにそのことばをいわせた心が、痛ましくも切ない。

「方子！　何をいいますか！　わたしは何も悩《なや》んではいない。悩むにしても、方子のためでもなく、方子のせいではありません」

「…………」

じっと見つめていられた方子さまの眼から涙がどっと溢《あふ》れた。

垠殿下は、方子さまのお手をはっとお取りになって、

「どうして泣くのです。何も泣くことはありません」

もっとほかに言い様があったのにと、もどかしがりながら、今この時になって尚こういう悩みに沈まねばならないことが耐えられない苦痛となって胸を抉《えぐ》る。そこへ玖さまがつと寄ってきて、

「もう戦争は終ったのですね？」

ときいた。

その邪気のない顔に、垠殿下ははっと吾れにかえって、

「そう！　戦争は終ったよ！　平和が来たから、思う存分勉強が出来るね」

と答えて、

（この子のために、これから生きるのだ）

そう強く考えた。その考えがはっきりと現実の希望となって、

「方子！　もうややこしい気持に苦しむこともなくなったね」

と明るいお顔でおっしゃる。

「でも、民族の問題はどうなるのでございましょうか」

方子さまは尚拘っておっしゃった。

「それは民族に任しておこうじゃないか。時が解決してくれるよ。平民になる垠にまで、うるさくつきまといはしないだろう」と垠殿下は強くおっしゃって、方子さまと玖さまへお手をのばして、

「おいで！　わたし達三人だけの世界になったような気がするね。王位から解放されて、とてもすが〳〵しいよ。方子！　しっかり生きようね」

とおっしゃる。

「はい！」

方子さまは垠殿下のお腕の中へ進まれたが、悩むまいと成さる垠殿下のお心のうちを察して、どっと心におおいかぶさる過去と一しょに、清水のように湧き出る涙をどうすることも出来ずに、わっとばかりにお椅子に身を投げて、ハンカチにお顔を埋められた。（終り）

後記

この小説は李王垠さまの口述を速記し、それを主軸として構成した。尚元李王家嘱託の趙重九氏から借用した『李王宮秘史』その他四冊、私手持の『明治大正国事年譜』『最新日本歴史年譜』『純宗実記』等を参考にした。元侍従で『李王宮秘史』の著者権藤四郎介氏等から事実相違の箇所のある旨申出があったので、李王垠さまに相談したところ、そんなところは無い、あれでよいと強く仰言ったので、訂正しなかった。

この小説が世に出たのは、格別の好意を寄せられた萱原宏一氏、激励鞭撻を惜しまなかった岡部千葉男氏に負うものである。尚上梓に当っての世界社出版部の皆さまの御骨折は大変であった。各位に感謝する。

解説

北九州市立大学　張允馨《チャンユンヒャン》

『秘苑の花』の作者である張赫宙（一九〇五～一九九七）は朝鮮出身で一九三六年以降主に日本文壇で創作活動をしてきた。幼年時代を慶州と大邱で過ごし、一九三二年文芸雑誌『改造』の懸賞小説に選ばれ、本格的に創作活動を行った。単行本だけでも六〇本足らずの作品を発表している多作作家である。張の評価は日本語による創作であることと太平洋戦争期に国策に協力したことで当時の朝鮮文壇から親日派というレッテルを張られ、排斥されていた。作品中の言説による朝鮮と日本に対する姿勢が軸に論じられてきた。作品に意図されたものを中心に、植民地時代においては親日か反日か、民族的か反民族的かという国策への協力の視点が主流であった。ゆえに張の本意に反するであろう、幾つかのレッテルは現実として存在する。いわゆる日本語作家、プロレタリアート作家、国策作家、そして戦後は朝鮮からの帰化人作家などなどである。今日に至ってもその評価は変わっていないのが現状である。張はその半生を、いやそのすべてを文学に費やしたといってもよい。こう書けば張赫宙研究者以外の人なら、さぞかし後世に名を残した作品が残ったのだろうと想像するかもしれない。しかし残念ながら生涯を通して、張にそのような名声が訪れることはついになかった。彼が創作活動を通して得ようとしたものと日本文壇から要求されるものの食い違いの距離が縮まることがなかったと言える。「元朝鮮人の日本人」という呪縛は彼の生涯に離れられなかった。終戦後張がこれからどうなるのかといった不安を抱いていたことは想像に難くない。しかしながら、日本と朝鮮の両国に家族を持つ張は生計をたてなければならないという現実に直面していた。それに、日本文壇では張の利用価値がなくなったこともあって、時が経つにつれ張が作品を発表できる雑誌や出版社の数がしだいに少なくなっていったのも自然の成り行きであった。

終戦後、大きな政治的経済的混乱に陥った日本は、終戦直後の日本国内は人々の期待に反し更なる物資不足に苦しみ、出版業界にとって命綱ともいえる紙においても事情は変わらなかった。政府は紙の割当制を実施したがその配給は遅々として進まず、闇市場の影響もあって紙価格はますます高騰の一途をたどった。その最中、出版業界の有志が集い、安定した紙の供給と更には出版と言論の自由を謳った「財団法人日本自由出版協会」が発足したのである。『日本雑誌協会史　第二部　戦中・戦後期』(日本雑誌協会、一九六九年九月一八一頁~一八二頁)「日本自由出版協会役員・会員」の名簿にて「世界社、萱原宏一」の名前を確認できる。当時日本の出版界では、カストリ雑誌が数多く発行されたが、そのような流れの中で『富士』という雑誌が一九四八年に世界社より復刊された。

戦時中の『富士』(一九二八年一月~一九四一年一二月)は大日本雄弁会講談社から発行された『面白倶楽部』を改題したもので、元講談社の編集長であった萱原宏一から『富士』の発行権を譲渡してもらい、大衆娯楽雑誌として復刊されたのが戦後の『富士』である。(「編集後記」『富士』一巻一号、一九四八年一月、九二頁参照)しかし、「秘苑の花」が発表された雑誌『富士』と作家とのかかわりは小説の発表に至るまで不可欠の条件である。世界社も戦後に起こった言論出版の自由化の波にのって、一九四八年以降、五年間にわたって娯楽雑誌や探偵雑誌を発刊している。雑誌『富士』は内容も多様であり、歴史的事実の真相究明言い換えれば戦前戦中の天皇制政府において明かされることのなかった、様々な「真実」を報道する当時のブームに敏感に対応していた。

今、わが国に真の民主主義を確立するに當つて、われわれの第一にやらなければならない仕事は、この封建政治思想から人民を解放することである。生まれて初めて耳の栓を抜かれた国民に、目隠しを外された人民に、昔から今におよぶ一切のデタラメを暴露し、すべての真実を伝える時、七千万の同胞は始めて満州事変以来の戦争が、果たして聖戦であったかどうか? 天皇制政府の本質は何であるか? を明らかにし得るのである。(「創刊のことば」『真相』人民社、一九四六年一月)

日本皇室との関連性があることと歴史の真相の一ページを開こうとする小説である点からも、李垠のロマンスは日本における一般大衆の要望を十分満足させられる物語であった。以上の点を踏まえれば『秘苑の花』は『富士』のような戦後日本文壇の状況における作品の題材として適切であったと考えられる。『秘苑の花』は『富士』（世界社）から一九四九年一二月、一九五〇年一月、一九五〇年二月まで三回発表され、翌月に単行本化された。初出と単行本両方挿絵は志村立美（一九〇七～一九八〇）が担当している。志村は晩年美人画の画家で名が知られている。単行本化する際、本文の訂正はほとんどなかったが、挿絵が省かれている。『秘苑の花』は李垠の来日から日本の敗戦直後までが時系列にそって描かれ、日本と朝鮮両国の狭間で波乱の人生を過ごした二人の結婚をモチーフとした小説として読める。

南富鎭「「内鮮結婚」の文学—張赫宙の日本語作品を中心に—」（『静岡大学人文学科研究報告』五五巻一号、二〇〇四年、一八一～二一〇頁）では「内鮮結婚」、「内鮮恋愛」と「内鮮結婚」から生まれた混血児に関する作品の考察が行われている。「内鮮結婚による二世の誕生が張赫宙の新たな自己問題になったことと関係しているように思われる。（二〇七頁）」と述べられ、作者自身の自己問題から創作したと指摘している。

また、『秘苑の花』について金鶴童は「張赫宙の『秘苑の花』論—英親王の半生に投影される作家情緒的自画像」（『人文学研究』第三五巻、第一号、二〇〇八年、一二五～一四七頁）で「日帝の敗戦で祖国が解放され、植民地末期の親日的な執筆活動と結びつけて在日朝鮮人団体からの脅迫に苦しんでいた作家は、家庭内の内的・外的葛藤の深化を実感する時期でもあり、一九五〇年三月英親王の一代記を描いた『秘苑の花』を出版し注目を集めた。」と述べている。また、『秘苑の花』の創作動機について「作家自身も帝国主義侵略の犠牲であったことを強弁し、自らの親日という社会的な非難を希薄させようとする目的」があり、「作家自身が抱いている葛藤と苦悩を重ね合わせ、表出しているという印象を強くするもの」であると、作者の状況に限定して創作意図を論じている。張が日本人の妻と事実婚の経験を持ち、単純な国際結婚の意味合いだけではなく、宗主国の婦人と被支配国の夫という状況がこの物語と似通っている。しかし真相究明と編集側との議論を通して掲載された「秘苑の花」を前述に照らし合わせて考えるならば、張の個人的な創作動機だけで生まれたものとは言い難い。作者の場合は強制的に連れてこられたディアスポラでもなければ、政略結婚でもない。植民地政策の「内鮮結婚」とは言えない。作者の個人的動機が全くなかったとは言い切れないが、作家情緒的な自画像が投影されたというのは再考察が必要であると思われる。

この物語は朝鮮最後の皇太子李垠が渡日することになる朝鮮王室の場面から展開し、敗戦後の李垠と方子の姿を描きながら終る。一〇歳の李垠は伊藤博文統監によって日本留学という名目で日本につれてこられた。一九〇九年一二月二六日午前九時、伊藤がハルビンで朝鮮の青年に銃殺されたことから学校の休みには朝鮮に帰らせるという約束が守られなかった。李垠は両親の臨終も見守れず、亡国、亡父の被害者として日本で過ごした。一九二〇年日本の皇族梨本宮方子女王と婚姻をすることになる。無論周知のとおり政略結婚であった。時代の陰謀に振り回された二人は終戦後も共に生きることを誓い、一国の王としてではなく、一人の人間としての家族愛を見せる物語である。二人の「内鮮結婚」の真相が政治的社会的目標を達成するべき状況がどれほど傷跡を残すのかを語りかけている。朝鮮王室の権限を操るために李垠と徳恵翁主も日本の皇族と結婚させた。当然ながら朝鮮側では王族を人質として連れて行ったと憤った。その怒りは二人の結婚に波乱を招いたのである。二人の間には晋と玖二名の子供が生まれた。しかし、長男の晋はわずか生後八ヶ月で毒殺されたと語られる。ただ朝鮮と日本においてどのような資料をさがしても、歴史的事実として晋の死因が判断できるようなものは見当たらず、事実上迷宮入りとなっている。しかし、この物語では晋の毒殺犯として宮女が設定されている。これが当時の歴史的事件の真相を明かすことの一つであろう。

張赫宙が限りなく、「内鮮結婚」やその二世が植民地期前後において差別され、命まで捨てる物語と「内鮮結婚」による苦難の物語を創作し続けたのは、作者個人の経験以外にも現れる諸作品の深層に秘められた、朝鮮の植民地状況の描くディスクールに弱者が描かれている。それは張の文学で特徴としてみられる。そのディスクールの一種として描かれているのが国と故郷から離れた弱者の物語である。そこに焦点を合わせ、権力社会構造から様々な障害を乗り越えていく弱者の表象を見つけることが出来る。『秘苑の花』で、李垠は「カナリアにしてみればやはり籠の中が一ばん安全地帯」だと自分のことのように言い、あたかも祖国の独立の為に何もできない自分を語っているようであった。日本の王族として日本という囲いの中で静かに生きるしかないというのである。植民地政策として日本が奨励していた「内鮮結婚」の見本として、二人の結婚が強いられたわけだが、二人の間では結婚する前から個人としての愛情が深まっていった。方子が李太王急死後独立運動を懸念する方子の家族に言った「あたくしは、あの方と結婚するのであつて、あちらのお国のところへ嫁ぐのじゃありません」という言葉から一個人として結婚することを覗える。戦後天皇の「人間宣言」の衝撃の記憶を蘇らせることに繋がる。読者にとっても弱者の存在が刻まれることになると考える。それは国に対するある概念に反感を持っているからでもない。張の文学の弱者は多様な権力社会構造から生じ、特殊なアイデンティティを確認させていることが特徴である。

方子は純宗が亡くなって残された尹妃を慰めともに涙した。方子の夢に死んだ宮女の幽霊が現れ、晋世子を殺した犯人が自分で、今は朝鮮の悲しみに涙する方子に許しを求めている。このエピソードが挿入された理由は読者が求める一つの歴史的事件の真相を明かしているようにもみえる。日本人読者が納得できる真相究明、晋の毒殺は「日本帝國」に対する朝鮮人の恨みが起こした陰謀であった。方子は悲怨を乗り越えて朝鮮王室の象徴である「秘苑」に咲く花になる。『秘苑の花』では結婚生活の強者であった方子が弱者の立場に転換する点から朝鮮王朝の「秘苑の花」に成り立っている。言い換えれば宗主国の強者としての方子が結婚により朝鮮に嫁ぎ、弱者の立場に転じていくのである。また、これを裏付けるものとして志村立美による挿絵がある。その挿絵は紅梅が咲いている秘苑を散策する方子の姿が摘かれている。その挿絵の次の頁には純宗が病死し、いずれ朝鮮王室において一人残された血統である李垠が、王の座に座るとともに方子が朝鮮の母になることになる。その挿絵は秘苑の紅梅と方子を一つの空間に描き、秘苑の花となる方子を象徴しているのである。朝鮮王室のそのまた奥にある秘苑に身を沈めた方子は、秘苑の花になったからこそ、歴史の犠牲になる晋の死を受け入れなければならなかったとも言える。二人は幼い彼らの息子の犠牲が必要とされた時代の波や為政者たちの陰謀に翻弄されたが、終戦後も共に生きることを誓い、時代の軸になっている国家から個人へと「脱中心化」している。どちらにも属しない中間者の立場が生成されたと言える。

政略結婚によって二人の居場所はどこにもないということになる。朝鮮の皇太子に嫁いだ以上は方子が日本で居住していたとはいえ、日本の皇室から離れた存在になっていた。子供を奪った朝鮮の王室からも永遠に異邦人になっている。日本という国自体は二人にとってもはや重要な要素ではなかった。また、日本で平穏に暮らしているように見えるが、実際王族としてみとめられず、浮いている存在であった。ここからどちらの国にも属しない二人だけの家庭が築かれ、どちらの国からも排斥される特殊な弱者のアイデンティティが生成されるのであった。国という概念から逃れ、二人だけの世界で脱中心化したどちらからも疎外し他者として生きようとする権力社会構造から弱者の表象をディスクールで映し出している。それが意味するのは『秘苑の花』の物語が戦時中の日本が国益のために国策として強力に進めてきた「内鮮結婚」が、二人にはごく個人的なもので、残されたものは国策の爪跡だけであったという作者の意思と批判を内包していると考えられる。

この『秘苑の花』を原作として二〇〇六年一一月二四日と二五日の両日にわたってフジテレビのスペシャルドラマ『虹を架ける王妃』放送された。第一夜の「奇跡の夫婦愛」第二夜「遥かな約束」が放送され、後にＤＶＤ化された。（脚本・マキノノゾミ、プロデュース・中島久美子、主演・菅野美穂、岡田准一、二〇〇七年九月七日）特に李方子に焦点を当て、物語の流れも殆ど時系列になっているので、李方子の自伝を参考にしても差支えがなかったと考えられる。『秘苑の花』には綴られていないが終戦後韓国へ帰国する夫婦が夫の御意に従い、奨学財団を設立してその活動で生涯を終えた方子を権力の主体であった立場から弱者の他国王室で過ごすという転換を顕著に確認することが出来る。それが韓流ブームの時代に歴史的な事実を用いて平準化した国際関係でアピールポイントになったと考える。このドラマが制作された遠因としては、二〇〇三年から韓国大衆文化が日本で注目され始めたことが挙げられる。その象徴的なものとして韓流ブームの代表とされる『冬のソナタ』(初放映は日本放送協会)が挙げられる。この韓流ブームが最高潮にあった二〇〇五年度に『虹を架ける王妃』は企画された。『秘苑の花』が原作とは言え、この物語だけにとどまらず、梨本宮伊都子の日記や李方子の自伝などを総合的に参考したと思われる。原作になったのは『秘苑の花』において朝鮮国李王垠殿下と日本国梨本宮方子の二人の結婚がもつ意味と、『虹を架ける王妃』で映し出したい二人の結婚が持つ意味が通じ合う点があったからであろう。植民地時代に支配国の身勝手な政策のために強要された政略結婚が、「国家」と一人の「個人」という対称的なものとして捉えられていると考えられる。とくに『虹を架ける王妃』では戦後、李垠が亡くなってからも追い続けていた夢を代わりに追い求めていた李方子と、『秘苑の花』で一人の人間でありたいと訴える李垠との深い二人の絆を克明に描写している。方子によって寝たきりの李垠が帰国の念願を叶えられた。この事実があったからこそ原作ではないこのドラマだけに挿入されているあるエピソードが可能になったとみられる。木から落ちた小鳥をかわいそうに見つめながら、李垠が母鳥と離れ離れになるのがこの小鳥の運命かもしれないというのを見て、方子は幼いころ遠くから一人寂しそうに座っている李垠を思い出した。それから方子は「そのような運命は嫌でございます」と小鳥を巣に戻す場面があった。戦後籠の中のカナリアのように自力で自分の故郷に帰る力がない時代の弱者の表象として現れている李垠を帰国への道に導いた方子の姿が映し出されている。それが韓流ブームの波に適合し、「内鮮結婚」で結ばれた二人が国家の利害を越える愛で、現代国際社会に描かれる歴史の美学として創作されたと思われる。原作は異なるが、韓国ではＫＢＳドラマ『王朝の歳月』（一九九〇年八月一六、一七日）で英親王のストーリが放送された。

李垠は一生自分の力で何も出来ない現実への葛藤に苦しんでいた。『秘苑の花』で欧州旅行の途中に籠の中にいるカナリアが登場する。「(餌を食べないカナリアを見て）籠から出して上げたい」という方子に李垠は「カナリアにしてみればやはり籠の中が一ばん安全地帯じゃないか」と反論し、カナリアは自分の故郷に帰る力も無いのだと、まさに自分のことを暗示するかのように話す。このシーンが意味するのは、日本から逃れることの出来ない李垠の現状が描かれている。韓国では李垠が二人の結婚によって王座を継承できず、歴史的に一番の被害者であるという見方である。朝鮮王室を操るために李垠が初めて人質になり、続いて徳恵公主にまでも内鮮結婚を強いられ、精神病に侵されて国に戻った。もう一人の王族李鍝は終戦時広島で戦死した。帝国主義が遂に朝鮮王室を喪失することに至らせ、李垠が植民地時代の朝鮮民衆の代表として苦難の人生に落とされた朝鮮の最後の皇太子であったと言われている。

本書は、世界社より一九五〇年三月三〇日に刊行された。

張赫宙（ちょう かくちゅう）

1905年、朝鮮慶尚北道大邱に生まれる。

在日朝鮮人作家。日本名・野口赫宙。

はじめプロレタリア文学の影響を受け、デビュー作「餓鬼道」などの初期作品では、朝鮮民衆の貧困と悲惨、闘争などを描いた。その後は徐々に純文学に移り、また「加藤清正」など豊臣秀吉の朝鮮出兵に題材をとった歴史小説や「岩本志願兵」などの軍国小説も発表した。1952年、日本に帰化した。『嗚呼朝鮮』が張赫宙名の最後の作品となり、その後は、野口赫宙の名で数々の作品を発表し、自伝小説、歴史小説、ミステリー、英文の小説など多様な作品を残した。1997年死去。

李王家悲史　秘苑の花

2014年6月25日　初版第1刷発行

著者 ――――張赫宙
発行者 ―――平田　勝
発行 ――――共栄書房
〒101-0065　東京都千代田区西神田2-5-11 出版輸送ビル2F
電話　03-3234-6948
FAX　03-3239-8272
E-mail　master@kyoeishobo.net
URL　http://kyoeisyobo.net
振替　00130-4-118277
装幀 ――――渡辺美智子
印刷・製本 ――中央精版印刷株式会社

ISBN 978-4-7634-1060-3 C0098